MERCEDES ABAD
SANGRE

TUSQUETS
EDITORES

1.ª edición: octubre 2000

© Mercedes Abad, 2000

Diseño de la colección: Guillemot-Navares
Reservados todos los derechos de esta edición para
Tusquets Editores, S.A. - Cesare Cantù, 8 - 08023 Barcelona
ISBN: 84-8310-145-9
Depósito legal: B. 36.597-2000
Fotocomposición: Foinsa - Passatge Gaiolà, 13-15 - 08013 Barcelona
Impreso sobre papel Offset-F Crudo de Papelera del Leizarán, S.A. - Guipúzcoa
Liberdúplex, S.L. - Constitución, 19 - 08014 Barcelona
Impreso en España

Índice

1. La tumba de mi abuelo 15
2. Una infancia espondalaria 33
3. Una de las cien mil maneras que ha inventado la humanidad para entretener la espera 55
4. En la boca del lobo 69
5. El fracaso sentimental como una de las bellas artes 83
6. El lago 97
7. El accidente 113
8. Cuerpos y almas en estrecha vecindad 139
9. Sed de infracción 157
10. Burgos y el Ejército Simbiótico de Liberación . 177
11. La inmolada 201

A J.C.
M.C.
y M.C.C.
aunque no lo entiendan

Porque la vida de todo animal está en la sangre; por cuya razón he dicho a los hijos de Israel: no comeréis sangre de ningún animal, puesto que la vida de la carne está en la sangre; y todo aquel que la comiere, será castigado de muerte.

Levítico, 17, 14

Ésta no es una historia alegre, se lo advierto. Y además acaba fatal. Dentro de poco no quedará nada de mí. No sé cuánto tiempo tengo todavía ni si me alcanzará para contar lo sucedido. Lo único que sé con absoluta certeza es que no voy a morirme. Lo que haré es desaparecer de la historia por completo, arrojada al limbo de lo que jamás existió. No soy la única a quien le va a suceder eso, pero sí soy la única que sabe lo que le espera. La única, por lo tanto, que está en disposición de contar lo sucedido.

Cuando ustedes lean esto, yo ya no estaré. Quiero decir que no estaré en absoluto y que ni el investigador más hábil y empecinado conseguiría encontrar mi partida de nacimiento ni ninguna otra señal de mi paso por el mundo.

No morir, es curioso. Los que mueren dejan algo tras de sí: un cadáver, unas cenizas, una hipoteca. Yo no dejaré nada. Por eso necesito desesperadamente contarles mi historia. Considérenlo mi epitafio. *Sic transit gloria mundi.*

1
La tumba de mi abuelo

Lo único que puedo decir sin temor a equivocarme es que aquella mañana el cielo era intensa y casi dolorosamente azul. Ya sé que tomarse el trabajo de desenfundar la pluma para escribir una frase así puede parecer una solemne estupidez indigna aun del más lerdo principiante, pero, por favor, no se me impacienten; concédanme al menos unas líneas de crédito. El cielo que yo vi era tan estrepitosamente azul, un derroche cromático tan deslumbrante que me dejó clavada en la acera sin aliento y con el corazón palpitando. Me sentí como un dios solar. Shamash u Horus, tal vez. O como alguien que recibe por primera vez el premio de la luz.

Mi mirada había sido la mirada casual y distraída de quien mira el cielo como miraría un poste telegráfico, sin intención de ver nada en particular, sin expectativas concretas. De acuerdo: una mirada así ni siquiera merece que se le otorgue el título de nobleza implícito en la palabra mirada; es sólo un subproducto pasivo-vegetativo, una caricatura de mirada, un gesto mecánico desprovisto de una voluntad que lo anime, un acto desnudo precisamente de mirada. En mi descargo diré que debía de estar todavía bastante dormida y que sólo la perturbadora intensidad del azul del cielo despertó bruscamente mis sentidos. Ni siquiera consigo recordar qué diablos hacía yo en la calle a una hora tan temprana: en aquel azul profundo, vibrante y cegador había una especie de loca y jubilosa exaltación de la vida que se inmiscuyó en mi sistema al abordaje.

De lo que hice a continuación, no tengo la menor idea de por qué lo hice. Podría inventar sobre la marcha un par de explicaciones convincentes y elegir la mejor de ellas, pero prefiero suponerles lo bastante maduros o lo bastante temerarios o lo bastante insensatos para encajar con gallarda entereza un acto desprovisto de motivos claros, a menos que se acepte como motivo claro el hecho de que uno pueda extraviarse en un color o una textura.

Lo único que puedo decir sin temor a errar el tiro es que, de pronto, me encontré caminando sin rumbo aparente y con la cabeza vuelta hacia el cielo para absorber con ojos, poros y pulmones toda la luz que se derramaba sobre mí con emocionante y gratuita generosidad. Puede que llamara la atención de algún transeúnte. De ser así, supongo que el transeúnte aminoró el paso durante una milésima de segundo tomándome sin duda por una chiflada, tras lo cual se olvidaría por completo del asunto, reclamado por sus preocupaciones habituales. Eso es lo que suele ocurrir en las ciudades; uno se acostumbra hasta tal punto a circular entre chiflados de una u otra especie, que apenas si les dedica ya un rápido parpadeo.

Me pareció que la ciudad resplandecía, inusitadamente bella, como si también ella se hubiera dejado arrebatar por aquel desaforado estallido de luminosa vitalidad.

No supe adónde iba hasta que alcancé mi destino. A la luz de lo que había de suceder poco después, resulta extraño que, entre todos los lugares posibles, me encaminara hacia el cementerio del sudoeste. Pero ya he dicho que no dispongo de conjeturas sólidas para explicar mis actos de esa mañana. Sólo sé que el cielo era endemoniadamente azul, de un azul que invitaba a celebrar la existencia.

En la plazoleta bordeada de plátanos que se abre al

cementerio, dos ancianos paseaban y otros dos dormitaban en un banco. Me pregunté si no estarían ahí de forma permanente, estacionados en la antesala de la muerte para ahorrarles los gastos de transporte a sus allegados. O tal vez, sencillamente, aguardaban su turno para ingresar en el camposanto. Tranquilos, matando el tiempo.

Crucé las verjas y localicé en un plano el recinto protestante, ubicado en la agrupación 13, una zona antiguamente situada fuera del camposanto donde recibía sepultura lo que entonces se consideraba la escoria: ateos, duelistas, suicidas y espiritistas, así como aquellos que practicaban religiones distintas al catolicismo. No me costó demasiado dar con la tumba de mi abuelo. Casi diría que fue asombrosamente sencillo, como si el penetrante azul del cielo hubiera rasgado el velo calinoso que habitualmente empaña mis actos con dudas e indecisiones para conferirles una extraña precisión, la misma decidida nitidez que se respiraba en la atmósfera.

Era la primera vez que veía la tumba de Pablo Cano, mi abuelo materno, capitán de la Armada hasta que una guerra ni grande ni mundial lo obligó a retirarse de la navegación. Grabada con letras doradas en la sencilla lápida de granito gris que sellaba el modesto nicho, bajo el nombre de mi abuelo y la fecha de su muerte se leía esta inscripción:

«Como el lucero de la mañana entre tinieblas, y como resplandece la luna en tiempo de su plenitud... Como el arco iris, que resplandece en las transparentes nubes, y como la flor de la rosa en tiempo de primavera, y como las azucenas junto a la corriente de las aguas...».

Eclesiástico 50, 6-8

La lectura de estas líneas surtió el efecto de un inesperado bofetón. Con la sangre hirviéndome en las venas, me sonrojé de los pies a la cabeza. De repente, la piel me picaba como si todo un hormiguero hubiera confundido mi cuerpo con una autopista libre de peajes. Me sentía como alguien que en el curso de un paseo a orillas del río viera salir a flote un objeto odioso y comprometedor del que se hubiera deshecho años atrás. Mentiría si dijera que perdí la calma. ¿Cómo va uno a perder lo que jamás ha tenido? Pero el hecho de que el cielo siguiera inconmoviblemente azul se me antojó un sarcasmo fuera de lugar.

¿Qué esperabas?, me dije mientras me alejaba unos pasos, confiando en que el movimiento me ayudaría a vencer la agitación. ¿Un epitafio escrito por Beckett o Ionesco? ¿Una cita de Chéjov?

Al salir del exiguo corredor delimitado por las dos hileras de nichos donde se hallaba la tumba de mi abuelo, desemboqué en una especie de encrucijada bordeada de altaneros y adustos cipreses. Puede que no fueran ni tan adustos ni tan altaneros, pero en aquellos instantes todas las cosas venían envueltas en un halo de hostilidad. Mientras trataba de librarme de mis espantosos picores rascándome como un mandril, vi a mi derecha un sendero que conducía al mausoleo de Companys, según indicaba un diminuto letrero en forma de flecha. A pocos metros de la bifurcación, tres sencillas tumbas dispuestas en estrecha vecindad me llamaron la atención. Al acercarme, descubrí que se trataba de los restos de Durruti, Ascaso y Ferrer Guardia. ¿Por qué no le habría dado a mi abuelo por hacerse anarquista y entretenerse en la fabricación de bombas caseras en lugar de abrazar la fe espondalaria?, me pregunté mientras contemplaba las diminutas banderas de la CNT pegadas en cada lápida. Imaginé entonces a mi abuelo irrumpiendo con febril excitación en la sala de estar de la casa de mi infancia para notificarnos que había conseguido ampliar a cuatro metros y medio el radio de acción del artefacto explosivo cuya fabricación absorbía toda su energía desde hacía años. Me pareció un recuerdo hermoso y emocionante; lástima que fuera apócrifo.

Casi sin pensar en lo que hacía, como si el azul del cielo siguiera dictando mis actos, arranqué uno de los manojos de pensamientos que decoraban la tumba de Durruti, volví sobre mis pasos y deposité aquellas flores, de un encendido color amarillo, junto a la lápida de mi abuelo, improbable constructor de bombas domésticas. Inmediatamente me sentí ridícula. ¿Qué demonios hacía poniendo florecillas cuando lo único que deseaba era reescribir aquel maldito y estúpido epitafio que me llenaba de un indescriptible malestar?

—Interesante, ¿verdad? —dijo una profunda voz de barítono a mis espaldas.

Giré sobre mis goznes y, justo detrás de mí, a apenas metro y medio de distancia, vi a un tipo alto y sólido como una torre. Tenía la cabeza bien esculpida, con pómulos y mandíbulas admirablemente bien cincelados, y una mirada penetrante en la que me pareció percibir un denodado esfuerzo por reprimir cierta propensión a la socarronería. Calculé que podía tener treinta y tantos años o rondar los cincuenta. En vista de los distintos grados de conservación observados en los especímenes que se hallan en esa franja de edad, los diagnósticos no suelen ser muy fiables a menos que se tome la precaución de darles un amplio margen por detrás y por delante. En conjunto, el inquilino de aquella enormidad territorial resultaba más singular que guapo. No había tenido tiempo de contestar a la pregunta acerca de si la maldita lápida me parecía interesante cuando la Torre pasó al segundo asalto.

—¿Es algún familiar suyo?

—¿Quiere que conteste a su primera pregunta o era sólo una forma de abordarme?

El tipo se encogió de hombros afectando displicencia,

pero adiviné que mi impertinencia le había divertido. Observé que llevaba un libro en la mano, pero no conseguí leer ni el título ni el nombre del autor.

—Desde luego, es una inscripción singular —dije tratando de dominar mi voz de forma que no traicionase el tumulto de confusas y violentas emociones que me embargaba. Aunque lo más probable es que sólo consiguiera parecer rígida, tensa y encorsetada.

—¿Singular? —repitió aquel tipo muy lentamente, como si la palabra fuera un traje abandonado y él lo estuviera sometiendo a un minucioso registro—. ¿Es un pariente suyo?

—No —mentí, con lo que no pude evitar sentirme como un vil san Pedro. Rastrera, cobarde y traicionera—. Y a usted, ¿qué le parece la inscripción? —pregunté a mi vez, más para vencer mi turbación que por un noble afán de conocer la opinión de aquel caballero.

—¿De verdad quiere saberlo?

—Sí, claro —volví a mentir, aunque la extraña reticencia del tipo a exponer sin más su opinión, y eso en una época en la que la gente no suele privarse de comunicarle al prójimo aun las más triviales e insulsas de sus opiniones, empezaba a hostigar mi curiosidad.

—¿Está segura? Mi opinión es bastante larga —afirmó con imperturbable seriedad.

—¿Larga?

—Sí, larga. Digamos que la tengo bastante meditada. Calculo que será un monólogo de unos cinco minutos, tal vez algo más. Y, si me interrumpe, puedo incluso alcanzar el cuarto de hora. ¿Está segura de que lo resistirá?

—Estoy dispuesta a asumir el riesgo.

—De acuerdo entonces. Usted ha dicho que la inscripción le parecía singular —dijo subrayando cuidadosamente la palabra—. Yo, en cambio, la encuentro de una enrarecida extravagancia. No recuerdo haber visto ningún otro epitafio que transgreda tan alegremente las leyes de la literatura necrológica. Por regla general, los epitafios son un lamento de los deudos por la pérdida de quien yace en el sepulcro, es decir: el muerto. Se trata, por supuesto, de un lamento expresado según unas pautas convencionales y a menudo se utilizan fórmulas acuñadas en la antigüedad, como el célebre *siste viator*, detén tus pasos, caminante; a veces constan de una descripción del difunto –oficio, costumbres, etcétera– y casi siempre exaltan sus virtudes, genuinas o inventadas, con la ostentosa magnanimidad propia del superviviente, porque a quien ya no está y no corre el menor peligro de volver a fastidiarnos se le puede perdonar cualquier cosa. También suelen señalar la fugacidad de la vida, lo absurdo de todo, nuestra resignada impotencia frente a la muerte, la última estación, la única certeza, nuestro inexorable destino, del polvo venimos y en polvo nos convertimos, etcétera. Y el tono es más bien grave y solemne, desde luego. O melancólico. Es cierto que hay excepciones. Pero hasta en las excepciones hay una serie de coincidencias. ¿Conoce el epitafio de Groucho Marx?

Negué con la cabeza.

–En su tumba se lee una simple frase: PERDONE QUE NO ME LEVANTE, una obra maestra del humor negro y absurdo. Ni que decir tiene que fue él mismo quien lo escribió: un epitafio de «autor», por así decirlo. Y, no muy lejos de aquí, en este mismo cementerio, hay una lápida con una inscripción que dice: ESTO ES TO-TO-TODO, AMIGOS. El finado, según pude saber, además de ser tartamudo poseía un agudo sentido del humor. En fin, lo que quiero decir es que los epitafios más heterodoxos suelen hacer befa de la muerte, pero en ningún caso la niegan. La fulana de la guadaña siempre es la protagonista, la primera actriz, no importa que el autor del epitafio ataque el asunto en clave de drama o de comedia: la muerte siem-

pre está ahí. Es el meollo de la cuestión, por así decirlo. Eso es lo más extravagante de esta inscripción: que no contiene la menor alusión a la muerte. Al contrario: todo en ella hace hincapié en la vida, la plenitud, el renacer, la luz, como si el autor se hubiera equivocado de género.
—Y ¿cómo diría usted que es la familia que ha elegido semejante epitafio?
Me miró con tal reconcentrada intensidad que tuve la impresión de estar ante una torre de prospección petrolífera capaz de extraer la respuesta de los estratos geológicos más recónditos de mi alma. Era casi insultantemente obvio que había adivinado mi embuste y trataba de calibrar mi apego por las respuestas sinceras. Tardó mucho en decidirse a hablar; era un tipo lento pero, en cuanto arrancaba, lo hacía sin las vacilaciones y titubeos que siembran de rastrojos las parrafadas de la mayor parte de la gente que conozco.
—Podría ser una familia capaz de negar resueltamente la evidencia. Una familia cuya manera de afrontar la adversidad, por ejemplo, consistiera en negarla. En darle la espalda, como si no existiera. ¿La muerte? ¿Y eso qué es? Hablemos de la luz. Gente capaz de extasiarse en la contemplación de un mar agitado y bravío o de un cielo resplandecientemente azul mientras el mundo se descompone a su alrededor. Pacientes y tenaces constructores de espejismos, así es como los veo.
Pese a que luchaba por mantenerme impasible, se me debió de escapar alguna señal de agonía interior porque el tipo se detuvo en seco. Casi me pareció oír el chirrido de sus frenos hidráulicos. Pensé que si hubiera sido arqueólogo, no habría tenido excesivos problemas para reconstruir la historia de toda una civilización a partir de la cáscara de un cacahuete del pleistoceno.
—Naturalmente, construir espejismos es sólo una de las cien mil maneras que la humanidad ha inventado para

mantenerse en pie —dijo en un obvio intento de suavizar el impacto de su diagnóstico.

—Sin embargo —apostillé—, luchar contra la realidad para tratar de modificarla goza de un prestigio mil veces mayor. Por algo será, digo yo.

—Por supuesto. Todas las civilizaciones que han aparecido hasta ahora, en Occidente al menos, priman la acción sobre la reflexión. Fíjese bien en el epitafio. «Como el lucero de la mañana entre tinieblas, y como resplandece la luna en tiempo de su plenitud... Como el arco iris, que resplandece en las transparentes nubes, y como la flor de la rosa en tiempo de primavera, y como las azucenas junto a la corriente de las aguas...» Además de lo desconcertante que resulta la ausencia de toda alusión a la muerte, no hay ni un solo verbo. Es cierto que el verbo resplandecer aparece dos veces, pero su función aquí es más la de un calificativo. Al no haber verbos, el lector tiene la impresión de algo que queda en suspenso, inacabado, porque no hay una acción que le confiera un sentido global.

—¿Le sugiere eso algo más acerca de los autores del epitafio?

—Ya se lo he dicho: tenaces constructores de espejismos. Pero fíjese en otra cosa: el azogue dorado de las letras está ya muy gastado. Da la impresión de que nadie ha venido por aquí desde hace mucho tiempo. Puede que sientan un vivo afecto por el difunto y que cultiven su memoria, pero no se ocupan en absoluto de adecentar su última morada.

—Que los muertos se ocupen de los muertos —murmuré yo.

—¿Cómo ha dicho?

—Nada... Una tontería. ¿Le parece que es una familia feliz?

Algo me impelía a seguir tirando del hilo para descubrir hasta dónde llegaba su asombrosa perspicacia.

—Yo diría que sí —contestó tras uno de sus silencios habituales—. Por lo menos, actúan como si lo fueran. Es posible también que se crean capaces de hacer felices a los demás. Y puede que quienes los rodean sean, efectivamente, bastante felices. Si están escenificados de forma convincente, los espejismos colectivos pueden cobrar una fuerza enorme. No tiene más que pensar en las sectas religiosas y en los movimientos revolucionarios: son los estados de ánimo y las emociones los que contribuyen a propagar las ideas; ejercen de vehículo conductor, de forma análoga a como la saliva y la sangre transportan los virus. Sin emociones y estados de ánimo susceptibles de operar como medio transmisor, las ideas no circularían. Y lo que no se mueve, tarde o temprano se agarrota y se pone rígido como un... —miró en torno suyo y bajó la voz— cadáver.

—Cadáver —repetí yo con objetiva necedad—. Cadáver —volví a repetir sin que mi aguda conciencia de la objetiva necedad de repetir esa palabra me turbara lo más mínimo. Se me ocurrió que con aquel tipo no me daba miedo ser necia. Tal vez porque en todo aquel rato no le había oído hacer un solo juicio de valor.

—¿Y usted? ¿Qué ve usted en esa lápida?

Antes de empezar, habría jurado que no tenía ni puñeteras ganas de hablar del asunto. Pero no debía de ser así, es curioso, porque no bien abrí la boca las palabras acudieron a mí a borbotones.

—¿Yo? Yo veo ahí una espeluznante mansedumbre que me revuelve las tripas desde que tengo uso de razón. Y un cabreo olvidado. ¿Cree usted que puede existir algo parecido a un cabreo olvidado y sin usar? En cierto momento, alguien que tenía serios motivos para cabrearse declinó la invitación y, en lugar de emprenderla a dentelladas contra el mundo, optó por agachar la cabeza y sufrir en silencio.

—Una actitud muy virtuosa... ¿No la ha probado usted

nunca? La mortificación del espíritu, el callado sacrificio. Hay grandes adictos a esa modalidad.

La imperturbable seriedad de aquel tipo se me antojó un puente cuyos pilares se bañaran en un océano de sorna. Un coloso con pies de sorna.

—¿No será usted uno de ellos?

—Sinceramente, no me interesa demasiado como tema de conversación. Prefiero hablar de otras cosas. Y, además, la he interrumpido. Me hablaba usted de...

—Sí, le hablaba de una mansedumbre tan abominable que, con los años, acabó por obligarme a lanzarme a tumba abierta a la sedición. Veo que en toda mi vida no he hecho otra cosa que intentar borrar esa mansedumbre. Una empresa infructuosa porque, por un efecto de transparencia, la mansedumbre sigue ahí, tan visible como siempre a pesar de los borrones y las tachaduras.

Aquel tipo me miró como si realmente hubiera logrado desentrañar una brizna de sentido en mi espantoso galimatías. No siempre necesito que la gente me entienda, pero en este caso aprecié el detalle. Encima —y eso no podré agradecérselo lo suficiente— dejó pasar una excelente oportunidad de ejercitar su sorna. Pero hacía ya bastante rato que me resultaba simpático por nada en particular. La simpatía y la antipatía son sentimientos extraños. Es cierto que, en gran medida, admiten explicaciones, pero siempre hay algo que se te escapa, algo inasible y misterioso que se obstina en burlar cualquier intento de racionalización.

El tipo le echó una ojeada a su reloj y, acto seguido, se puso a buscar algo en sus bolsillos. Me fijé en que el autor del libro que llevaba en la mano era Albert Camus, pero tampoco esta vez conseguí leer el título.

—Ha sido un placer, pero se me hace tarde —dijo el tipo tendiéndome su tarjeta—. Si un día de estos necesita hablar con alguien y no tiene con quién, recuerde que le debo por lo menos diez minutos de atención. Estaré encantado de volver a verla.

Mientras me estrechaba enérgicamente la mano, vi, con cierta perplejidad, que el título del libro era *El último hombre*. Recordaba vagamente haber leído un libro de Camus titulado *El primer hombre*, pero pensé que tal vez me equivocaba.

Lo vi alejarse a grandes zancadas y me guardé su tarjeta sin haberla examinado y diciéndome que un crédito de diez minutos de monólogo no es un ofrecimiento como para desecharlo en los tiempos que corren. Aunque lo más probable es que jamás volviésemos a vernos. Sí, seguramente no volveríamos a vernos. No hay muchas certezas en esta vida y las que circulan por ahí suelen estar de oferta porque tienen una tara u otra, pero al menos estaba casi segura de que no volvería a ver a ese tipo. O bien perdería la tarjeta o bien, si la encontraba, me daría una pereza horrorosa llamar. Es lo que siempre sucede. Uno guarda las tarjetas de personas que en su momento le parecieron simpáticas y singulares y con el tiempo las tarjetas se acumulan por todos los rincones. Uno se resiste a tirarlas, por supuesto, porque imagina que en cualquier momento podría asaltarle un imperioso deseo de llamar a cualquiera de esas encantadoras criaturas cuyas tarjetas contribuyen al desorden del hogar. O bien uno sabe que no va a asaltarle el menor deseo de llamar, pero de todos modos se niega a deshacerse de las tarjetas porque sería como admitir ante uno mismo que los buenos sentimientos hacia esas personas, la curiosidad, la simpatía y todas esas cosas, han caducado. Supongo que todos arrastramos cierto número de simpatías abstractas e inexploradas, leves brotes de calor humano cuya propia levedad los preserva de la decepción y la rutina.

No, no volvería a ver a ese tipo. Era una lástima, desde luego, porque me gustaba su seriedad forzada y corroída por una sombra de socarronería clandestina. Mi instinto me decía que podía haber sido un buen sustituto de Nico, quien a su vez se había revelado un excelente sustituto de Jordi, quien a su vez había sido el brillante sustituto de Thiérry, quien a su vez había sustituido con gallardía a Albert, quien a su vez hizo lo que pudo por eclipsar a Víctor, su mejor amigo, quien a su vez... Ya saben: la diversidad de la especie ofrece infinitas posibilidades de deleite, tanto muscular como espiritual.

Sería un error atribuir a mi atractivo todo el mérito de un inventario sentimental tan dilatado. Cuando uno se dedica al teatro, no duerme solo a menos que lo desee. No hace falta ser Miss Universo, créanme. Yo, desde luego, no lo soy. A los trece años quise cortarme el pelo y mi madre me lo desaconsejó con una claridad expositiva y una vehemencia que no dejaban lugar a dudas. «¡Hija mía!», exclamó con la dramática gestualidad de una *prima donna* a quien su hija acabara de anunciarle su condición de yonqui irrecuperable. «¡Ni se te ocurra cortarte el pelo! ¡Si es tu única belleza!»

Cuando a los trece años tu madre te dice algo así, ya puedes despedirte de conseguir alguna vez un título de belleza. Tampoco soy tan fea para que, al verme, la gente aparte la mirada en estado de *shock*. Tengo una de esas caras expresivas y llenas de carácter, el tipo de cara que las actrices guapas afirman envidiar cuando el fariseísmo acampa en sus almas, algo que, a fe mía, sucede con más frecuencia de la que sería deseable. Siempre me pregunto hasta cuándo resistiré la tentación de darles de hostias hasta desfigurarlas, a ver si al salir del hospital opinan lo mismo. La belleza es, a fin de cuentas, uno de los pocos factores de desequilibrio social susceptibles de ser corregidos sin necesidad de armar una revolución.

Pero al público le trae sin cuidado que seas guapa o fea con tal de que hayas salido un par de veces en la televisión, la radio y los periódicos. La fama: he ahí el más poderoso de los afrodisíacos actuales. Ni siquiera importa que seas un famoso de verdad o una celebridad de mediopelo como yo; el público no suele fatigarse las neuronas con sutiles distingos. No sé si a Homero, en su época, haber escrito la *Ilíada* y la *Odisea* le valió unos cuantos revolcones entre hexámetro y hexámetro pero, hoy en día, cualquier actorzuelo que aparezca en los medios irradia un extraordinario atractivo sexual para el público. Todo el mundo se comporta como si la fama fuera lo único que valiera la pena en este mundo. Si no puedes conseguirla, siempre te queda el consuelo de acostarte con un famoso. Lástima que no se contagie por contacto carnal, en cuyo caso yo habría sido una de sus más generosas expendedoras. He observado a menudo el fenómeno: los actores expresivos y con *carácter* solemos ser más promiscuos que los guapos, como si la forzosa convivencia con auténticas beldades a lo largo de meses de trabajo nos obligara continuamente a sacar pecho. Para demostrarnos algo, supongo.

No tenía nada que hacer hasta las cinco de la tarde así que, al salir del cementerio, persistí en mi vagabundeo. No saben cómo me gustaría decir que se había levantado un viento tempestuoso y que batallones de ominosas nubes de un color gris plomizo decoraban el cielo con lúgubres augurios de tormenta inminente. Por desgracia no era así. El cielo seguía inconmoviblemente azul, pero la profunda alegría de vivir que me impregnaba apenas una hora antes había desaparecido sin dejar rastro. Para no pensar en el epitafio de mi abuelo, que hería mis neuronas como un cuchillo de sílex y traía inevitablemente consigo una cohorte de pensamientos sombríos, me concentré en mi papel en la obra en la que trabajaba. El autor era un tipo muy joven, afable y de una timidez enfermiza, que miraba el mundo con ojos desorbitadamente inteligentes y perplejos y jamás hablaba a menos que se le hiciera una pregunta. Nadie que se cruzara por la calle con ese tipo menudo, apocado y frágil habría podido imaginar que era el autor de aquellas fábulas ásperas y tan indigestas como un trago de puro vitriolo. Yo encarnaba a una niña loca –una niña loca envejecida, por supuesto– que había sido violada a los siete años y ahora se pasaba la vida acarreando un bidet de un lado para otro, unas veces porque estaba obsesionada por lavarse el coño, otras porque aseguraba que con el bidet podía llegar a cualquier sitio antes que nadie. Si lo llenaba de tierra y plantas, estaba en la montaña. Si lo llenaba de agua y mierda, estaba en el río. Si además de agua y mierda echaba sal, estaba a orillas del mar. Aborrecía los medios de transporte usuales porque la obligaban a pasar un rato rodeada de extraños. Para que dejaran de ser extraños, los sometía a implacables interrogatorios. Pero a menudo los extraños no querían dejar de ser extraños y no contestaban, como si tuvieran algo horrible que ocultar. ¿Por qué la obligaban a estar entre gentes que tenían cosas horribles que ocultar cuando ella podía viajar donde le viniera en gana con la sola ayuda del bidet?

Ése era mi personaje en la obra y ésa era la atmósfera que impregnaba toda la pieza. Por algún motivo que no había logrado transmitirme con suficiente claridad, Sarah Oxman-Salesbury, la directora, no estaba de acuerdo con la forma en que yo abordaba el personaje. La tarde anterior, S.O.S. (así se hacía llamar la directora) me había pedido que buceara en mi infancia para rastrear en ella mis heridas. Argüí que nadie me había violado a los siete años y, por lo tanto, excepto mi imaginación y mi capacidad de empatía, dos facultades del alma a las que tengo en gran estima, nada había en mi infancia susceptible de ayudarme a construir a la niña loca. Pero S.O.S. insistió en que en cualquier infancia hay alguna experiencia capaz de convertirte en una niña loca. En realidad, añadió, lo extraño es que después de atravesar la infancia no seamos todos un maldito hatajo de niños y niñas locos, palabras textuales. ¿Estás segura de que no lo somos?, pregunté yo. O no me oyó o fingió que no me había oído. Investiga, dijo. Mete una excavadora en tu infancia y remueve toda la tierra hasta dar con la fractura.

Esa misma noche, la excavadora de S.O.S. se las debió de ingeniar para colarse en mi cama, porque mi viejo sueño recurrente volvió a visitarme. No recuerdo ya cuándo apareció por primera vez; hace tantos años que he perdido la cuenta. Algunos detalles varían en cada edición pero, en lo esencial, el sueño se mantiene inalterable. Tengo seis o siete años, ocho tal vez. Estoy jugando en una plaza, unas veces a la pelota y otras a las canicas. Una iglesia cuyas altas torres se recortan contra el cielo domina la plaza. En algún momento creí que podía tratarse de la Sagrada Familia, pero la impresión que se ha ido imponiendo a través de las sucesivas ediciones del sueño es que nunca he visto esa iglesia ni conozco esa ciudad. De pronto sucede algo, un accidente, una desgracia de la que al parecer soy responsable, aunque tengo la vaga impresión de contar con uno o varios cómplices a quienes, sin embargo, no veo nunca en el sueño. Inmediatamente después del accidente, todo se vuelve confuso. En medio de la nebulosa, tengo la certeza de haber matado a alguien; lo curioso es que ni siento deseos de esconderme ni ninguno de los presentes me recrimina lo sucedido. Y, aunque la atmósfera del sueño es angustiosa y opresiva, en la mayor parte de sus ediciones me siento tan orgullosa de mí misma como cuando abandono el escenario tras una interpretación brillante.

Una infancia espondalaria

—Tenemos un judío, una musulmana, un miembro de la Iglesia evangélica, un adventista del séptimo día, un budista, el hijo de una pareja de Hare Krishnas, un mormón y una ex mennonita. Por desgracia —prosiguió la Voz con el mismo tono monocorde y rutinario con que había despachado la anterior enumeración—, nos falta un espondalario del Supremo Hacedor que nos cuente sus vivencias para completar nuestro recorrido por la diversidad...

No pude escuchar la continuación. Me fascinaba el tono que empleaba la Voz, pero el contenido recordaba demasiado a los discursos de los políticos en vísperas de elecciones. Mientras la Voz seguía hablando para Nadie, me amarré mentalmente a la palabra vivencias y la repetí hasta convertirla en un mero magma sonoro desprovisto de sentido. Practico ese juego desde la infancia y nunca ha dejado de fascinarme la pasmosa celeridad con que las palabras se hinchan y se deshinchan de significado.

Al cabo de un rato, advertí que la Voz hacía una pausa. Supuse que esperaba alguna respuesta por mi parte, una intervención, una mera señal de vida, algo, así que me aclaré la garganta en un largo y harmonioso carraspeo. La Voz —¿cómo me había dicho que se llamaba? ¿Maria Kreuzer? ¿Maria Cros?, ¿Mari Cruz?— debió de interpretar mi carraspeo como una objeción, porque añadió con cierta vehemencia:

—Por supuesto, queremos darle al programa un tono...

Lúdico, pensé mientras Mari Cruz buscaba le *mot juste;* ¿qué te apuestas a que ahora dirá lúdico?

Efectivamente, Mari Cruz, o comoquiera que se llamara la Voz, dijo lúdico. Sin vacilaciones, sin asomo de pudor. Es increíble la cantidad de gente que se sonroja o se disculpa antes de pronunciar una palabra con tan mala prensa como lúdico. Pero Mari Cruz la soltó con admirable desenvoltura. Confié en que su jefe reconociera sus méritos y le subiera el sueldo en un futuro no muy lejano.

—Entiendo —recapitulé—: espondalarios, musulmanes, judíos, mormones y evangélicos; todo ello en un tono desaforadamente lúdico. No me cabe la menor duda de que su interesantísimo programa arrojará una luz definitiva sobre el asunto. Por desgracia, estoy muy ocupada.

Mari Cruz era una empleada singularmente celosa de su deber, porque tuve que endosarle cuatro negativas a participar en su programa antes de que se diera por vencida. Entre la tercera y la cuarta, arguyó a la desesperada lo difícil que resultaba encontrar espondalarios famosos en el mercado de la diversidad cultural. (Mari Cruz no dijo «espondalarios famosos», sino «espondalarios que hagan cosas», como si la humanidad en general y los espondalarios en particular no se caracterizaran por hacer cosas constantemente, la mayoría inútiles o equivocadas.) Prescinda de ellos, sugerí a modo de cuarta y última negativa. Antes de colgar, no pude evitar preguntarle quién le había dado el soplo. ¿El soplo?, preguntó una atónita Mari Cruz antes de contarme una historia tan anodina sobre una ex empleada de la productora, espondalaria o ex espondalaria, que tuve que hacer un esfuerzo agotador para escucharla hasta el final.

La llamada me puso de un humor de perros. Considerada con rigurosa objetividad, no pasaba de ser una ligerísima molestia, indigna de alcanzar el estatus de contrariedad. Mi pasado espondalario no es exactamente un secreto. Es cierto que no me gusta hablar de ello: lamerme las heridas no se halla entre mis actividades favoritas. Siempre he pensado que si no tuviéramos traumas infantiles seríamos una bonita colección de acémilas sin sabor, textura ni carácter. Pero eso no significa que debamos exhibirlos. El trauma es al carácter lo que a la perla el cuerpo extraño que un día se introdujo en la ostra y dio lugar al proceso de segregación del nácar. Cuando contemplamos la delicada luminosidad de una perla, ¿a quién coño le importa el cuerpo extraño que estuvo en el origen de su formación? A mí, desde luego, me trae sin cuidado.

Si la llamada de la Voz me llenó de irritación es porque una de las cosas que más detesto en este mundo es que los acontecimientos se desarrollen de forma que uno se vea tentado de leer en ellos una secuencia dotada de orden, intención y significado donde no hay sino azar, arbitrariedad y caos. Tengo treinta y seis años y hace ya más de veinte que me quité de las filas de los espondalarios del Supremo Hacedor como un sarmiento violentamente arrancado de una mansa hilera de cepas con la correspondiente cuota de dolor *per cápita:* dolor de la hilera de cepas mutilada y dolor del sarmiento, que no pertenece ya a la mansa hilera de cepas ni a ninguna otra cosa. Las improntas más visibles de mi experiencia espondalaria son un invencible horror a cualquier filiación y una decidida aversión hacia cualquier modalidad de sentimiento religioso. Jamás he sucumbido a la tentación de llenar el vacío dejado por Dios colocando en su lugar otra entidad inteligente y superior como el Destino. Nunca me he sentido atraída por las filosofías espiritualistas. Jamás he consultado a un vidente, un adivino o un quiromante ni he asistido a una sesión espiritista. Tampoco leo horóscopos ni cultivo ningún tipo de superstición, todo lo cual hace que incluso gente tan rara como la que integra el gremio de los actores me considere, muy a mi pesar, el colmo de la extravagancia. En una ocasión, me presenté a un estreno vestida de amarillo. No fue un gesto deliberado de provocación, sino una simple negligencia. Mis colegas me emplazaron con absoluta seriedad a volver a casa y cambiarme de ropa si no quería que el estreno se aplazara por mi culpa.

La aprensión que me inspira cualquier forma de religiosidad hace que deteste las casualidades. Me producen la desasosegante impresión de una forma figurativa que irrumpiera de la manera más intempestiva y discordante en medio de un cuadro abstracto. Y es asombroso, créanme, lo difícil que resulta no interpretarlas como un mensaje cifrado de alguna Instancia Superior. He visto a ateos encallecidos caer en la trampa con la facilidad con que una mariposa nocturna se quema las pestañas al revolotear en torno a la luz. ¡Oh, el Destino, que se empeña en hacerme coincidir cada día con la vecina de enfrente en la sección de gomas del supermercado! ¿Me estará indicando por señas que debo liarme urgentemente con su marido no sin antes agenciarme una cajita de condones?

Si Mari Cruz hubiera telefoneado en cualquier otro momento, dudo que su llamada hubiera provocado turbulencias. Pero, habida cuenta de que mi conversación con ella tuvo lugar dos días después de mi visita al cementerio y tres días después de que S.O.S. me ordenara meter una excavadora en mis recuerdos, empecé a pensar en una conjura destinada a exhumar un cadáver mal enterrado. El hecho mismo de dar cobijo a pensamientos sobre cadáveres exhumados y pecios que vuelven a salir a flote me ponía frenética. De haber podido hacerlo, habría buscado la salida de emergencia de mi pellejo. Por favor, sáquenme de aquí. El habitáculo es estrecho y el ambiente siempre está enrarecido. No hay ventilación. La contaminación sonora es insoportable. La instalación eléctrica suelta chispas cada dos por tres. Las cañerías están obturadas. Los grifos gotean. Todo parece a punto de derrumbarse de un momento a otro. Se desprende una desagradable impresión a trampa para ratones. Y la decoración es espantosa.

Yo, Marina Ulibi Cano, puedo asegurarles, con la autoridad que me confiere el hecho de estar embebida de mis vivencias, que una infancia espondalaria no se parece a ninguna otra infancia. En realidad, digámoslo claramente, una infancia espondalaria tiene la dudosa virtud de no parecerse a casi nada. Está fuera del mundo conocido, en una remota región espiritual sin parámetros ni referentes posibles. Como si uno hubiera sido engullido por un agujero negro y regurgitado millones de años luz después en la dimensión desconocida. Créanme: sólo un espondalario puede moverse por esa tierra incógnita con cierta desenvoltura conceptual. O una ex espondalaria. En las ocasiones en las que, apremiada por la curiosidad ajena, trato de describir el mundo de los espondalarios, no consigo sino sembrar en mi audiencia una formidable confusión y recolectar un buen puñado de expresiones de genuina incredulidad.

¿Quién no los ha visto en acción montones de veces, sobre todo en domingo, cuando salen de dos en dos a desplegar su labor evangelizadora de puerta en puerta, impecablemente vestidos y poniendo con sus maletines de ejecutivo una nota discordante en la ociosa quietud de las mañanas de domingo? La verdad es que no puedo evitar estremecerme cuando me cruzo con ellos.

Una infancia espondalaria no se parece a nada. Por lo pronto, salvo mi hermana y yo, no conozco a nadie que apriete el paso, reprimiendo un secreto temblor de pánico, cuando pasa junto a la Sagrada Familia. Se equivoca de medio a medio quien piense que es sencillo evitar su ominosa proximidad: mi familia vive precisamente frente a este templo y ahí fue donde transcurrió mi infancia, en un piso donde es imposible huir de la obra magna de Gaudí por la sencilla, elemental y prístina razón de que su imponente mole se asoma a todas y cada una de las ventanas como un adusto centinela.

Los espondalarios del Supremo Hacedor estaban convencidos (permítaseme hablar en pasado de algo que querría acabado) de que el día en que Dios limpiaría la faz de la tierra de toda inmundicia e iniquidad no estaba ya muy lejano. De pequeña, los había oído barajar el año de gracia de 1975 como fecha probable para el holocausto, aunque el hecho de que ese año transcurriera sin más novedades que la muerte de cierto dictador no los desalentó en absoluto. Habían removido las Sagradas Escrituras versículo a versículo y se sentían autorizados a describir el Juicio Final como una escalofriante secuencia de catástrofes que arrasaría la tierra y destruiría hasta al último de los malvados. El horizonte espiritual de los espondalarios no incluía nada parecido al infierno de los católicos; el destino de los inicuos no era rustirse eternamente mientras el remordimiento los sometía a una cruel campaña de hostigamiento intensivo. El castigo a la maldad era el Hades, la muerte monda y lironda, la nada y el beso de los gusanos para siempre. El mero hecho de ser espondalario no era suficiente garantía de librarse de la pavorosa amenaza de la nada, razón por la que atravesé el año de gracia de 1975 en un continuo sobresalto: me habían repetido hasta la saciedad que lo importante era aplicarse con indesmayable denuedo y fervor a la tarea de resultar grato a los ojos de Dios y yo sabía hasta qué punto este noble objetivo entraba en conflicto con mis propios intereses e inclinaciones. No sólo con los míos, pardiez. ¿Acaso no habían sentido mi abuelo, mi abuela y mi madre un recóndito atisbo de alegría, un impío gustirrinín, cuando en ese año de gracia de 1975, el señor que había gobernado este país durante cuarenta años se fue al otro barrio? Es verdad que cada vez que yo preguntaba si odiaban a Franco, mis tres mentores en la fe espondalaria se atenían escrupulosamente al guión. Hay que aprender a perdonar, hijita. Supongo que por aquel entonces yo era todavía demasiado candorosa como para contestar: vale, hay que aprender a perdonar, pero ¿lo habéis conseguido?

Lo cierto es que no había política de gestos ni declaración de intenciones que pudiera valerle a uno el favor de Dios: como todas las religiones que tienen su origen en la Reforma protestante, los espondalarios sólo valoraban la pureza de corazón, lo que significa que aunque rezaras, asistieras a las reuniones y contribuyeras a difundir la palabra de Dios predicando de puerta en puerta no podías estar seguro de alcanzar la Vida Eterna.

Pero si los malos no se iban al infierno, tampoco los buenos se encaramaban hasta el cielo en medio de un bonito concierto de liras y trompetas; el premio gordo para los elegidos consistía en repoblar la tierra tras el Juicio Final para vivir en ella eternamente en medio de un indescriptible clima de paz y harmonía, sin necesidad de tratados ni de organismos supranacionales, ya que ese mundo idílico, al que llamaban Nuevo Mundo con pasmosa naturalidad (hay parejas que, al casarse, aseguran que esperarán al Nuevo Mundo para tener hijos), sería un lugar sin naciones ni fronteras ni disputas territoriales. La historia de la discordia, que ha marcado la vida humana desde los orígenes y nos ha hecho ser como somos, es decir, detestables a los acreditados ojos del Supremo Hacedor, quedaría abolida como por ensalmo.

Ésa es, sin entrar en honduras, la historia que yo, cachorro de futura espondalaria de pro, había oído centenares de veces, en versiones ligeramente distintas según su autor. Si era mi abuelo quien gobernaba el timón del relato, las doctrinas espondalarias me llegaban sabiamente alternadas con los apasionantes relatos de su juventud en la Armada. La aventura en la que mi abuelo formaba parte de la tripulación de un C5 que chocaba contra un enorme crollo se contaba entre mis favoritas. Una y otra vez le pedía que describiera minuciosamente las heridas que se hizo en las sucesivas y aparatosas caídas sobre escotillas y paneles de mando. El hecho de que en ocasiones el crollo mutara su naturaleza de ladrillo de caramelo y se convirtiera en un mortífero iceberg que de algún modo se las había ingeniado para llegar a la deriva desde las costas escandinavas hasta el puerto de Mahón, donde tenía su base el submarino de mi abuelo, era algo que, lejos de sembrar en mi ánimo una duda razonable, intensificaba mi placer de entregada oyente.

Las versiones de mi abuela no eran menos emocionantes, en particular cuando empezaba a suspirar. Los suspiros eran la inconfundible señal de que mi abuela iba a descolgarse de forma inminente de la doctrina espondalaria para bucear en su juventud ferrolana, una juventud llena de percebes, de nécoras, de camarones y de enormes centollas. Mi abuela y sus hermanos habían desarrollado un curioso método para pescar centollas. Calzados con unas botas de goma que llegaban hasta las rodillas, se metían por las rocas y pisoteaban erizos. Tras haber dejado un número considerable de bajas en la desprevenida colonia de erizos, se retiraban unos pasos y, en riguroso silencio, aguardaban a que las centollas salieran de sus escondrijos atraídas por el olor a rico erizo despachurrado. Ni que decir tiene que las centollas ignoraban que, un paso más allá en la cadena alimenticia, un alegre grupete de humanos contaba con ellas para su almuerzo.

—El día que más centollas cogimos —explicaba mi abuela con toda la luz del Cantábrico en los ojos—, fueron diecisiete. Diecisiete centollas enormes, rapaciña. Y ¡qué goce! Mi madre las cocía y nos las zampábamos directamente encima del hule, sin platos ni cubiertos, no veas tú qué jolgorio.

Ahora que mi abuela ha cruzado el umbral de los noventa años, a menudo me confunde con mi madre, así es la senilidad. Pero, que yo sepa, jamás ha confundido y probablemente jamás confundirá una nécora con una centolla.

A veces los suspiros de mi abuela no eran el preludio de un alegre recuerdo con centollas, sino de un brusco tránsito a la melancolía. Pero en casa la melancolía siempre estuvo mal vista. Si mi madre sorprendía a mi abuela en pleno ataque de melancolía, la censuraba afectuosamente. Si era mi abuelo quien la sorprendía, le cantaba una canción o se la llevaba de compras. No estoy segura, pero creo recordar que lo de las compras era un remedio más eficaz que las canciones contra los brotes de melancolía ferrolana de mi abuela.

Para mis infantiles entendederas, el asunto del Juicio Final tenía sus lagunas.

—Abuelito... ¿Por qué tiene Dios que destruirlo todo y dejar la tierra hecha un guiñapo? ¿Por qué no se limita a enviar a los malvados al Hades? ¿Qué culpa tienen los edificios y los puentes?

Mi abuelo me miró en silencio, me cogió de la mano y me llevó hasta el balcón.

—¿Qué es lo que ves? —me preguntó con la expresión insondable que indefectiblemente presagiaba una larga andanada de pedagogía espondalaria sin el estimulante aderezo de alguna aventura marina.

—Veo la Sagrada Familia. En esta casa no se ve otra cosa.

—Y ¿qué es la Sagrada Familia?

—Una atracción turística —respondí sin vacilar en lo que todavía hoy considero una excelente respuesta.

Me pareció que mi abuelo trataba de reprimir la risa. Pero, en lugar de sonreír, meneó la cabeza en señal de desaprobación.

—No, no me refiero a eso. ¿Qué función tiene la Sagrada Familia?

—¿Función?

No veía por dónde iban los tiros y empezaba a impacientarme. Nunca me ha gustado quedar como una idiota.

—¿Tú has entrado alguna vez en la Sagrada Familia? —fue la pregunta con la que mi abuelo siguió sembrando en mí el desconcierto.

—¡Nooo!

—¿Por qué no?

—Porque está prohibido.

—Y ¿por qué está prohibido?

—Toma, porque somos espondalarios.

—Y ¿por qué los espondalarios no podemos entrar en la Sagrada Familia?

Por fin entendí de qué iba el asunto.

—Porque hacen misas de la Gran Ramera —solté muy satisfecha de mí misma.

—Exactamente. Los espondalarios nos abstenemos de entrar ahí porque es una iglesia católica, un lugar impío lleno de iconos de santos donde la gente se entrega a actos e idolatrías equivocados. Y, por eso mismo, es un lugar que disgusta profundamente a Dios. Y si Dios destruye a los malvados, ¿cómo va a dejar en pie las obras de los malvados por bellas que nos parezcan? Eso es imposible. Cuando venga el Armagedón (así se llamaba también el Juicio Final), Dios limpiará la tierra de toda ignominia. Y la Sagrada Familia será barrida, junto con todos los templos donde se adoran dioses falsos.

No pude evitar que, tras esta edificante conversación, vivir a dos tiros de piedra de la Sagrada Familia me pareciera una idea decididamente terrorífica. Imaginaba aquellas ufanas y enhiestas torres que despertaban la ira de Dios convertidas en una imparable y aterradora lluvia de cascotes.

—Mami..., ¿y si nos cambiásemos de casa?
—¿Por qué? ¿No te gusta ésta?
—¿A ti no te parece pequeña?
—Yo creo que cabemos de sobra.
—Está un poco lejos del colegio.
—No digas tonterías; sólo es un cuarto de hora a pie.
—Veinte minutos. Los he contado. Pierdo tiempo para hacer los deberes.

Este argumento me pareció tan contundente que durante unos instantes saboreé de antemano lo que me parecía una victoria segura.

—Eso es porque nos paramos a comprar la merienda a mitad de camino. Si quieres, suprimimos la merienda y así ganas tiempo para hacer los deberes.

El inesperado sesgo de la conversación me obligó a enseñar mis cartas.

—Y ¿tú crees que es una buena idea estar tan cerca de un templo impío, que se nos puede caer encima cuando venga el Armagedón y aplastarnos la cabeza?

—Dios, en su infinita sabiduría, sabrá discernir al bondadoso del inicuo, hija mía. Si lo amas y regocijas su corazón siguiendo sus dictados, no te va a caer encima ningún pedrusco.

Desde luego, era una respuesta. Por aquella época, todas las respuestas tenían la particularidad de dejar un resquicio abierto al terror.

Con todo, mi inquietud con respecto a la Sagrada Familia distaba mucho de ser el único agente que perturbaba mi paz interior. Que conste que por aquel entonces el Plan General del Altísimo con respecto a la humanidad no suscitaba en mí objeciones globales. Pero cuando trataba de imaginar la forma concreta en que se presentaría el Nuevo Mundo, un escuadrón de sombríos interrogantes atravesaba el espacio aéreo de mi mente con estruendo ensordecedor. Por ejemplo: en el supuesto de que el Supremo Hacedor nos juzgase acreedores a la vida eterna, ¿nos veríamos obligados a reconstruir el mundo con nuestras propias manos? ¿Tendríamos que encargarnos personalmente de la ardua tarea de enterrar los cuerpos de los inicuos? Porque había que ser muy tonto para no darse cuenta de que, tras la gran destrucción, habría tantos cadáveres de inicuos como para cubrir la tierra de este a oeste y de norte a sur con una repulsiva alfombra de cadáveres, a menos que Dios encargara un tornado que se los llevara a todos a flotar eternamente por la estratosfera. En caso de que, en efecto, nos tocara cavar fosas y habida cuenta de que aquél iba a ser un mundo feliz, ¿se nos exigiría que silbásemos una alegre melodía, toda ella paz y harmonía, mientras, armados de pico y pala, dábamos sepultura a los muertos? ¿Habría una cuota fija de muertos *per cápita*? ¿Se nos permitiría, como mínimo, registrarles el billetero y quedarnos con el dinero o habría que entregarlo religiosamente para sufragar los gastos de reconstrucción? ¿Y qué pasaría si alguno de nuestros seres queridos no entraba en la nómina de los elegidos? ¿Tendríamos que seguir sonriendo las veinticuatro horas del día so pena de ser inmediatamente expedidos al Hades si nos pillaban en medio de un puchero? Y si en el Nuevo Mundo no iba a haber ni muerte ni violencia, ¿se nos permitiría calzarnos botas de goma hasta las rodillas y pisar erizos para capturar centollas? Esta última pregunta fue la única que obtuvo una respuesta satisfactoria; mi abuela me tranquilizó diciendo que un paraíso terrenal sin centollas era una cosa que no cabía en ningún cerebro.

Mi hermana también debía de plantearse interrogantes, pero su manera de respondérselos revelaba un talante mucho más pragmático que el mío. No había cumplido todavía los diez años cuando un buen día anunció que de mayor estudiaría arquitectura. Toda la familia aplaudió el anuncio con indisimulable orgullo y grandes manifestaciones de entusiasmo. Incluso recuerdo que alguien le dijo que en el Nuevo Mundo no había de faltarle trabajo. Hace poco, en el curso de una comida familiar, mientras nos enseñaba las fotografías de sus últimos proyectos, le pregunté si no le daría pena verlos caer uno a uno cuando viniera el Armagedón. Yo llevaba años pensando que Coral debía de ser singularmente modesta para dedicar sus esfuerzos a algo tan perecedero como la arquitectura del Viejo Mundo, a menos que se tomara su producción anterior al Nuevo Mundo como una especie de borrador. Pero por la cara que puso me di cuenta de que nunca había contemplado seriamente la posibilidad de ver sus fantásticos proyectos convertidos en un montón de cascotes gracias a la intervención (por otra parte tan necesaria en su opinión) del Altísimo. Ésa debe de ser una de las diferencias entre Coral y yo: ella jamás piensa lo que no tiene que pensar; por eso sigue siendo espondalaria.

Pero si el premio de la vida eterna en el Nuevo Mundo me llenaba de inquietud, el apretado catálogo de normas y restricciones cuya estricta observancia podía hacernos acreedores a la recompensa final se me antojaba una especie de maratón con un obstáculo insalvable cada tres metros y medio. En su empecinado y ascético puritanismo, los espondalarios del Supremo Hacedor consideraban que el mundo era un pecaminoso lodazal sembrado de peligros y de tentaciones que amenazaban con poner nuestra fe en graves aprietos, de forma que había que limitar nuestros tratos con él a un mínimo indispensable. Vivir en el mundo sin pertenecer a él, ésa era la única posibilidad de mantenerse puro de corazón.

Huelga decir que todas las actividades de la Iglesia católica, nuestra más inmediata y poderosa competidora, quedaban fuera de nuestras aguas territoriales, aguas que, por lo menos en mi recuerdo, eran más charca que océano. No podíamos entrar en los templos impíos, en especial durante las misas, ni participar en ninguna de las múltiples celebraciones de la competencia, a la que aludíamos comúnmente como la Gran Ramera: eso excluía los bautizos, las comuniones, las onomásticas, las procesiones de Semana Santa y todas las fiestas de origen pagano camuflado, como la Navidad, la noche de los Reyes Magos o las verbenas de san Juan y san Pedro. Amén de eso, por algún motivo relacionado con cierto rey babilonio de impías costumbres, estaba terminantemente prohibido celebrar los cumpleaños, de forma que tampoco en esa fecha podíamos recibir regalitos los cachorros de futuro espondalario de pro. La lista de restricciones abarcaba también, por algún motivo que he olvidado si es que alguna vez llegué a conocerlo, los brindis y todos los juegos de azar en los que interviniera el dinero, con lo que las quinielas y la lotería quedaban también fuera de nuestra jurisdicción. Y el tabaco. Y el uso inmoderado del alcohol. Y, por supuesto, el sexo fuera del matrimonio aunque, curiosamente, los métodos anticonceptivos no abortivos (es decir, los preservativos, la píldora y el diafragma) gozaban de la más absoluta tolerancia. En aras de una puntillosa neutralidad política, tampoco podíamos ejercer el derecho al voto, aunque en esto nos manteníamos en pie de igualdad con los no espondalarios, al menos en este país y en aquella época. A esta abultada lista de prohibiciones había que sumarle, por supuesto, todas aquellas cosas que le están vedadas a cualquier cristiano, como la mentira, el hurto o el asesinato, aunque a nosotros nos estaban vedadas en grado superlativo porque no había confesión que pudiera venir a rescatarnos oportunamente del pecado. Y la sangre. La sangre estaba prohibida en cualquiera de sus formas, ya fueran sólidas o fluidas; este tabú tenía por imperio las transfusiones, la carne de caza, la butifarra negra y las morcillas, así como cualquier cosa en cuya fabricación hubiera intervenido alguno de estos productos.

Con todo, las prohibiciones en sí, que en la España católica de Franco resultaban mucho más penosas de lo que serían ahora, distaban mucho de ser lo peor. Lo peor, créanme, no era no poder comer morcilla o tener que rechazar los impíos caramelos que los niños llevaban al colegio el día de su cumpleaños. Lo peor era tener que dar continuamente explicaciones por esto o lo otro. Cuando un amiguito me invitaba a su fiesta de cumpleaños, me veía en el espondalario imperativo de explicarle que mi religión me prohibía la celebración de los cumpleaños. Cuando un amiguito me invitaba a comer y en la sopa flotaban impíos pedacitos de butifarra negra, me veía en el espondalario imperativo de rechazar el plato. La gente preguntaba por qué, por supuesto; era lógico que quisieran saber. Y yo me veía en el espondalario deber de justificarme. Sin mentir, claro está, y sin incurrir en simplificaciones, porque cualquier momento era bueno para difundir la palabra de Dios. Yo sabía que nadie solía entender ni torta, pero aun así lo intentaba. Todavía era mansa de espíritu. Dar explicaciones me oprimía el alma con un tenaz corsé, pero lo hacía, qué remedio. Cuando miro mi infancia, la veo asfixiada por las constantes justificaciones que cualquier gesto requería. De todo eso me ha quedado una profunda aversión a dar explicaciones acerca de lo que hago o dejo de hacer.

Supongo que la asombrosa expansión de los espondalarios desde Estados Unidos al resto del mundo a finales de los años cincuenta guarda alguna relación con el terror de Occidente al comunismo. En una época de efervescencia revolucionaria, el carácter radicalmente pacifista de los espondalarios y su vocación de neutralidad política, los hacían menos peligrosos que otros grupos, aunque eso no fue óbice para que Franco, en su paranoia nacionalcatólica, los persiguiera con tanta saña como a los masones. Sea como fuere, ésa fue la forma que eligió mi abuelo, el ex capitán de la Armada Pablo Cano, para mantenerse en pie. Puede que el hecho de que estuvieran perseguidos por el régimen, unido al radical antimilitarismo que los llevó a ser los primeros objetores de conciencia de este país contribuyera a hacerlos atractivos a los ojos de mi abuelo. Abrazar el antimilitarismo después de haber perdido una guerra es un buen ejemplo de hasta qué punto puede ser consecuente una inconsecuencia.

La única festividad que rompía el ascético rigor de los espondalarios era la celebración anual de un concurso de oraciones. Oraciones libres, por supuesto, que exigían tanto fervor como creatividad. Mi abuelo fue el indiscutido ganador de todos los certámenes entre 1959 y 1971, año en que anunció oficialmente su retirada para abrir paso a nuevos talentos. Como premio a más de una década a la cabeza de los más inspirados cultivadores del egregio género de la oración libre, la congregación le obsequió con una corneta de bronce, el símbolo distintivo de los espondalarios.

Cuando mi abuelo se retiró de la competición, decidí tomar su relevo. Pero tenía que ser una sorpresa para toda la familia. Así que ahí me tienen, embarcada en una serie de excitantes preparativos en medio de un riguroso secreto. Durante meses, escribir una buena oración fue la más absorbente de mis preocupaciones. Eso me obligaba a levantarme furtivamente por las noches, cuando todos me creían dormida, para garabatear mis proyectos de oración en una libreta que guardaba como oro en paño. Debí de escribir centenares hasta que una noche, al releer la que acababa de componer, me di al fin por satisfecha. Era una oración hermosa, vibrante y cargada de emoción. Convencida de que con una composición tan rematadamente buena nada ni nadie podía arrancarme el triunfo, me inscribí en el concurso en cuanto tuve ocasión. Coincidí con el eterno rival de mi abuelo en el arte de la oración libre: era un anciano de mirada húmeda y sentimientos perpetuamente desbordados. Me miró con benévola curiosidad y le devolví la mirada inspirándome en la que debió de echarle Judith a Holofernes segundos antes de rebanarle el cuello. Aparta, don Eterno Segundón, pensé henchida de cristianos sentimientos, ¿no ves que aquí viene una Cano? Y noté cómo en mis venas corría sangre de bardo.

El día del certamen todo fueron augurios favorables. Los concursantes subían al estrado y desgranaban sus oraciones devorados por los nervios los unos y con aplomo de curtido orador los otros. Pero ninguna de las composiciones parecía destinada a figurar entre los gloriosos anales de los espondalarios. Don Eterno Segundón se mantuvo en su registro, tan convencional como almibarado, con rimas acartonadas que sonaban a hueco y apestaban a naftalina. Incluso tuve la impresión de que estaba muy por debajo de lo que era habitual en él, como si al no contar ya con la competencia del temido rival, su verbo se hubiera despeñado por un abismo de irrecuperable mediocridad. Cuando llegó mi turno, avancé con inquebrantable decisión hacia la tarima. Pocas veces en mi vida he vuelto a experimentar una emoción tan salvaje. Era como si me hubieran infundido la fuerza y la incandescente energía de un meteorito. Mi corazón bombeaba sangre de bardo a gran velocidad. Me detuve para mirar a mi abuelo y vi que me sonreía sin tratar siquiera de disimular el inmenso orgullo que sentía. Estaba ya a punto de subir al estrado cuando la mano de un hombre me detuvo.

—¿Y el pañuelo? —preguntó el hombre.
—¿Qué pañuelo?
No tenía la más remota idea de lo que trataba de decirme.
—¿Acaso no sabes que las mujeres no pueden subir al estrado y dirigirse a la congregación si no se cubren la cabeza con un pañuelo, en señal de humildad y de sujeción al varón, quien a su vez está sujeto a Cristo, cabeza de la congregación, quien a su vez está sujeto a su padre el Supremo Hacedor?
—Yo no soy una mujer; soy una niña. Sólo tengo once años —es todo lo que acerté a contestar.
Una risita benévola se extendió, veloz como la pólvora, por toda la congregación. Creo recordar que, curiosamente, también las mujeres se sumaron a aquella risa.
—Lo mismo da que seas una niña —insistió aquel sujeto cuyo nombre no recuerdo—. Tendrás que cubrirte la cabeza con un pañuelo.
—No llevo pañuelo.
—¿Alguien podría prestarle un pañuelo a Marina?
Todavía recuerdo la banda sonora de esa película antigua en la que multitud de espondalarias de buena fe se entregaron a una apresurada búsqueda. Los bolsos se abrían con un chasquido metálico, las manos hurgaban, los bolsos se cerraban, los dedos desataban nudos y los pañuelos circulaban de mano en mano entre siseos, murmullos y crujir de sillas. La congregación trabajaba al unísono, tan industriosa como un hormiguero, por el bien de uno de sus miembros.
El tipo que estaba sujeto a Cristo, cabeza de la congregación, quien a su vez estaba sujeto a su padre el Supremo Hacedor, me puso un pañuelo en la cabeza, me lo anudó por debajo de la barbilla y me indicó que ya podía subir al estrado. Pero yo ya no tenía la fuerza y la incandescente energía de un meteorito. El pañuelo me pesaba

como una losa. Subí tambaleante al estrado y me acomodé frente al micrófono. El mismo tipo subió y reguló el micrófono de forma que quedase a mi altura. Tuve que hacer un denodado esfuerzo por reprimir mis ganas de llorar y ataqué la oración. Pero el pañuelo me pesaba cada vez más y el nudo de la barbilla ejercía una misteriosa presión que hacía que mi voz se quebrase. Trastabillé en el primer verso y aunque hice un esfuerzo sobrehumano por seguir adelante contra viento y marea, todo fue en vano. El peso abrumador del pañuelo me aplastaba contra el suelo y me quedé varada en el primer verso como un enorme cachalote agonizante en la orilla de una playa. Había querido colocarme en la estela de mi abuelo, pero no había calculado que la espuma arremolinada me succionaría con fuerza hacia un peligroso abismo. Miré a mi abuelo con los ojos bañados en lágrimas, esperando que de un momento a otro se levantase y, en medio de fieros rugidos de ira como los de un marino en pleno zafarrancho de combate, se acercara a mí para arrancarme de aquel maldito lugar lleno de gente que sonreía, divertida, al observar mi profunda turbación. Pero al hombre que durante toda mi infancia había vertido en mis oídos épicos relatos y que había sido juzgado por el delito de incitación a la sedición, con veredicto de doce años de prisión que luego quedaron reducidos a cinco, no se le amotinó la sangre en las venas, como debió de amotinársele aquel lejano 18 de julio, ni se le alborotaron las células de ira al ver a su nieta mayor sometida a aquella humillación. Me miró y, con un gesto de la cabeza y un atisbo de sonrisa, me indicó que siguiera adelante con mi oración. Estallé en sollozos mientras, boqueando como un pez de las altas profundidades, bebía abismo. Y en ese momento comprendí que no podía amar a un Dios que se dedica a derribar meteoritos.

Revivo esa escena cada vez que mi madre, briosa constructora de espejismos, sostiene ante terceros que tuve una infancia feliz.

Todavía tardé tres o cuatro años en abandonar a los espondalarios. Un día el jarro se resquebraja, pero uno sigue usándolo y el agua que contiene no se derrama. Años después, sin que nadie haya vuelto a golpearlo, el jarro se hace inesperadamente añicos. A mí me habían educado en la mansedumbre, la obediencia, el altruismo y la magnanimidad y durante un tiempo ésa era la melodía que seguí ofreciendo, al menos en apariencia. Pero el instrumento estaba resquebrajado y sólo era cuestión de tiempo que empezase a desafinar.

El episodio de la oración con pañuelo también fue el remoto origen de otra cosa. Supongo que si jamás hubiera sucedido no se me habría ocurrido hacerme actriz. Uno tiende a reescribir su historia añadiendo garabatos sobre el primer garabato hasta hacerlo ilegible, como si de esa forma fuera posible neutralizarlo, borrar su alcance, eliminarlo de los archivos planetarios y de la memoria. Cada vez que me subo a un escenario, reescribo esa escena, la corrijo. Jamás he vuelto a trastabillar sobre un verso ni a romper en llanto. Y al final de la representación el público estalla en aplausos con mayor o menor entusiasmo.

3
Una de las cien mil maneras
que ha inventado la humanidad
para entretener la espera

Cuando faltaban dos semanas para el estreno de la obra, el grado de histeria *per cápita* parecía a punto de dar al traste con todo de un momento a otro. La obra era dura y difícil, la directora exigente, y nosotros mostrábamos una exagerada proclividad a sentirnos atropellados en nuestro amor propio y a ver agravios comparativos en cualquier nimiedad. Teníamos los nervios a flor de piel y las trifulcas estallaban de la forma más intempestiva. Sentimientos que al principio de los ensayos no eran sino de leve antipatía o de indiferencia se petrificaban en una especie de inquina feroz, hecha a golpe de envidias, celos y ultrajes insignificantes cuando no directamente imaginarios. Amistades que horas antes parecían indestructibles se desintegraban a la vista de todos en apenas cinco minutos de ácida reyerta. Los problemas con el vestuario no hicieron sino agudizar la tensión; el día en que la figurinista apareció con los vestidos, S.O.S. ni siquiera dejó que nos los probásemos: con asombrosa frialdad y el humor áspero y cejijunto que la caracteriza, le hizo saber a la otra la pobre opinión que le merecía su trabajo. La figurinista porfió, lloró, imprecó y hasta amenazó con llevar a S.O.S. a los tribunales. Resultado: a quince días del estreno, estábamos compuestos y sin vestuario.

Fue entonces cuando la encargada de promoción decidió adelantar el inicio de la campaña de prensa. Yo sospeché que era una forma de aplacarnos por el astuto método de alimentar nuestra extraordinaria vanidad, pero puede que me equivocara. La buena mujer nos soltó una extraña y elaboradísima teoría según la cual un goteo informativo sabiamente dosificado a lo largo de quince días resulta mucho más eficaz que un bombardeo concentrado en cuarenta y ocho horas. Lamento no poder dar más detalles acerca de tan emocionante teoría: la encargada de promoción tiene la particularidad de ser tan tediosa que, cuando abre la boca, no puedo evitar encadenar un bostezo con otro. Es el tipo de persona que, en lugar de decir *ofrecer* o *pedir*, prefiere usar palabras como *ofertar* o *demandar*. Y un *problema* o un *asunto* o una *cuestión* jamás son un *problema* o un *asunto* o una *cuestión*, sino un *tema*. Llegará un día en que las palabras se habrán desemantizado hasta tal punto que la humanidad ya no tendrá problemas —¿temas?— para entenderse; las barreras habrán caído porque cualquier palabra podrá significar cualquier cosa. Sírvase rellenar usted mismo el hueco.

El único adjetivo que la encargada de promoción maneja con solvencia es *mono* o *moníííisimo*, o *quémonoquémonada*. Creo que para su cumpleaños le regalaré un diccionario. Pequeñito, portátil, manejable. Que no se note, que no moleste, que no traspase. Lo primero que hizo cuando nos presentaron fue endosarme todo su currículum sin ahorrarme detalles de segundo orden. Luego la he visto repetir la operación curricular cada vez que le presentaban una nueva víctima. No se aburre, es curioso. Alguna vez he contemplado la posibilidad de sugerirle que imprima el currículum y reparta fotocopias. Con todo, la encargada de promoción dista mucho de ser la única que mortifica a media humanidad atizándole todo su currículum de buenas a primeras. Según he podido observar, se trata de una práctica bastante extendida entre los profesionales de las relaciones públicas, los representantes de artistas y los comisarios de arte. En ese aspecto, los actores nos mostramos mucho más misericordiosos con nuestros semejantes. ¿Para qué íbamos a tomarnos la molestia de informar acerca de nuestras gloriosas proezas cuando estamos absolutamente convencidos de que todo el mundo conoce al dedillo nuestro historial?

Respondiera o no a una estrategia hábilmente calculada por parte de la encargada de promoción, el hecho de que todos estuviéramos luciendo el plumaje por los distintos medios de comunicación tuvo la virtud de atemperar nuestros estallidos de puntillosa divinidad. En lugar de pelearnos entre nosotros, empezamos a quejarnos de la implacable persecución a que nos sometían los medios y de lo burros que son los periodistas. Hace tiempo que vengo observando este fenómeno: lamentarse de las múltiples servidumbres de la fama y del suplicio que supone la estulticia de los periodistas es uno de los mayores placeres de ser famoso.

La parte de botín mediático que me correspondió incluía tres emisoras de radio (dos periféricas, según le hice notar a la encargada de promoción sin perder la sonrisa), una revista femenina y un programa nocturno de máxima audiencia en la tele.

Por algún motivo que se me escapa, los de la televisión me habían convocado tres horas antes de que empezara el programa. Consumí media en maquillaje. En cuanto a las dos y media restantes, fui reverenciosamente conducida por una azafata vestida de azul a una sala de espera donde, cosa rara, no había nadie a quien observar o con quien charlar para entretener la espera. ¿Dónde demonios estaban los otros invitados? En la sala de maquillaje había coincidido con un cantante de rock y uno de esos expertos mediáticos que saben un poco de todo. ¿Acaso nos hacían esperar en salas rigurosamente separadas? Antes de abandonarme a mi soledad, la azafata azul tuvo la gentileza de conectar el enorme monitor de televisión que dominaba la sala con su imponente tamaño. En cuanto desapareció, me precipité a desconectar el aparato. Mirar la tele mientras esperaba para salir en la tele me hacía sentir como una vaca en un cercado que mira a una vaca en un cercado que a su vez...

Me arrellané en una de esas butacas anatómicamente estudiadas para que uno se hunda hasta el cuello en la más confortable de las esperas. Tan hundida estaba, efectivamente, que empecé a preguntarme si sería capaz de levantarme sin ayuda. Los primeros diez minutos se me hicieron eternos. Lamenté no haber tomado la elemental precaución de meter un libro en el bolso. Hurgué en los bolsillos para ver si llevaba al menos algún programa de mano que leer y mis dedos toparon con un objeto no identificado. Por el tacto, me percaté de que era cartulina, una tarjeta personal sin duda. Pero ¿de quién? Sólo después de juguetear con él durante un rato saqué el pedacito de cartulina. Era la tarjeta personal de un tal Markus Barta. Debajo del nombre, en el lugar donde algunos especifican su profesión, se leía: «Futuro Cadáver». Así, con mayúsculas, como si se tratara de algún cargo público retribuido con una nómina millonaria y cuatro pagas extras. Entonces recordé al singular individuo, de anatomía tan rotunda como un zigurat babilónico y experto en literatura funeraria, a quien había conocido en el cementerio. Era una lástima, me dije, que no volviéramos a vernos nunca más. Me habría gustado quedar con él una noche y acabar la velada en sus brazos, explorando un cuerpo que, de tan grande como era –pura arquitectura colosal–, más que un país parecía un continente. ¿Cuánto debía de medir? ¿Un metro noventa y nueve? ¿Dos metros y tres centímetros? ¿Qué vicisitudes lo habrían llevado a preferir la literatura funeraria al baloncesto o el rugby?

Markus Barta. Repetí varias veces el nombre en voz alta como si se tratara de un mantra.

No sé si a todo el mundo le ocurre lo mismo, pero a menudo me sorprendo inventando la vida de personas con quienes, como en el caso de Markus, apenas si he cruzado unas pocas frases. O ni siquiera eso. A veces son personas que veo en el metro, o en la calle, o en la terraza de un bar, y que, por algún motivo, espolean mi curiosidad hasta el punto de fabricarles un universo a medida. La idea de pensar en alguien que tal vez jamás me ha consagrado un solo pensamiento o que ni siquiera sabe de mi existencia me divierte: me hace sentirme un poco ladrona, una especie de cleptómana que va robando almas por ahí para incorporarlas al reparto de su vida en calidad de figurantes con biografía inventada. La única norma que me impongo al inventarme sus vidas es mantener cierta coherencia con la impresión que esas personas causaron en mí. Supongo que es un excelente ejercicio de musculatura cerebral que me ayuda a construir el mundo de mis personajes más allá de lo que escribe el autor.

Markus Barta, futuro cadáver. Recordé su seriedad forzada, bajo la que aleteaba la socarronería como una mosca con sordina. Recordé también su renuencia a hablar de sí mismo. ¿Era sincero o se trataba de un rasgo de coquetería? El nombre y el apellido apuntaban a un origen extranjero, un país del Este sin duda. Si elegí Budapest como lugar de nacimiento de Markus fue porque es la única ciudad del Este que conozco y porque no hacía mucho había leído «¡En pie, húngaros!», el célebre y vibrante poema de Petöfi.

Con todo, lo de Budapest fue la única decisión que tomé en frío. A partir de ahí, la historia de Markus Barta cobró una asombrosa autonomía y se desplegó ante mí como si llevara toda la vida esperando a que metiera mis narices en ella. Efectivamente, había nacido en Budapest dos años antes de la invasión soviética, de padre húngaro y madre aragonesa. Ambos murieron durante los enfrentamientos con el Ejército Rojo y Markus fue confiado a la tutela de su abuela materna, una mujer delgada y nudosa como un sarmiento y de corazón tan seco como la tierra que la vio crecer. Cuando, asomado a una tambaleante adolescencia, Markus emprendió su decidida conquista de las alturas, la abuela empezó a mirarlo con gran inquietud y a martillearle continuamente los oídos con este implícito reproche: «Si sigues creciendo así no habrá ataúd que te valga. Tendremos que pagar un suplemento o meterte doblado».

La abuela, que había perdido a su marido al poco de casarse, en una guerra ni grande ni mundial, y cuya única hija no había llegado a cumplir los veinticinco años por culpa de otra guerra ni grande ni mundial, no utilizaba jamás la primera persona del singular, como si esa firme actitud gramatical, ese obstinado atrincheramiento en el plural, fuera su peculiar arma para mantener a raya la soledad. Semejante hábito sintáctico la hacía aparecer a los ojos de su nieto como la representante terrenal de un tropel de fantasmas exhaustos ya de tanto hablar. La muerte la encontró sola un verano en que Markus trabajaba en un restaurante de la costa. Un fulminante ataque al corazón acabó con ella mientras escuchaba la radio y bordaba un mantel en su sillón favorito. Le gustaba sentarse allí, junto al balcón, para vigilar su plantación de geranios, los más hermosos del barrio, según decía con sarmentoso orgullo de campesina acostumbrada a arrancarle cosas a una tierra seca, cicatera e ingrata. Probablemente, los geranios de la anciana eran los únicos del mundo a los que se les hablaba en plural. ¿No sería precisamente eso lo que los impulsaba a excederse en su esplendor, como si el simple aunque reiterado uso del plural los hubiera persuadido de que no era una anciana sola y triste quien se ocupaba de ellos, sino toda una multitud de ardientes amantes de las flores discretamente agazapada tras aquel nosotros?

El caso es que Markus no regresó a casa hasta dos días después de la muerte de la abuela. El cadáver de la anciana estaba tan agarrotado que hubo que romperle las rodillas y los codos para poder meterla en su ataúd.

Al llegar a este punto del relato, la hermosa y profunda voz de barítono de Markus brotó de algún lugar y llenó la estancia, tan real como si se hallara junto a mí.

—Recordé lo mucho que le inquietaba a mi abuela la posibilidad de que yo no cupiera en mi ataúd y no pude contener la risa. Fue un ataque de hilaridad espantoso; no podía parar. Los de la funeraria se fueron corriendo con el ataúd a cuestas sin hacerme firmar siquiera los papeles: estaban absolutamente aterrados; pensaban que me había vuelto loco y no sabían qué hacer. Ver las caras que ponían me daba más risa todavía. Fue horroroso. Horroroso. En algún momento, pensé que me asfixiaría de risa. Cuando el ataque pasó, me sentí profundamente avergonzado y asqueado de mí mismo. Mi abuela podía no ser la más afectuosa y cálida de las mujeres y, desde luego, conmigo había llevado a la práctica una modalidad educativa harto severa, pero yo la quería, qué demonios... No volví a reír en mucho tiempo. Era como si la glándula de la risa se hubiera quedado extenuada, seca. Semanas después empecé a tener las malditas crisis. No me ocurría todo el tiempo, no. Me asaltaba de la forma más inesperada. De día, de noche, a la salida del cine, en mitad de un libro, en el metro... Al principio era una angustia puramente física: una repentina sensación de asfixia, como si los pulmones se me hubieran hecho de plomo. El pulso se aceleraba hasta que el corazón, completamente encabritado, me golpeaba el pecho como un badajo loco. Sudaba a mares y experimentaba vertiginosos cambios térmicos que me hacían tiritar de frío para ahogarme de calor medio minuto después. Creía que mi muerte era inminente y empecé a visitar obsesivamente a toda clase de especialistas. Después de hacerme un sinfín de pruebas, los médicos me sugerían que acudiera al psiquiatra, pero yo estaba convencido de que padecía alguna extraña enfermedad mortal que nadie acertaba a diagnosticar. Los ataques se recrudecieron: no soportaba los lugares angostos, cerrados o subterráneos. La sola idea de meterme en un ascensor o en un túnel me llenaba de un pánico absurdo. Excepto con los médicos, a quienes por fuerza tenía que contarles lo que me ocurría, el resto del tiempo trataba de disimular: me pasaba la vida desapareciendo repentinamente para ocultar mis crisis. Pensar que mis amigos podían descubrir lo que me ocurría era una fuente de constante mortificación. Que un tipo de dos metros como yo, alto y fuerte como un tanque, se viera continuamente asaltado por ataques de pánico dignos de un bebé, me parecía tan ridículo como humillante. Durante un tiempo me refugié en el sexo, en parte porque pasar una noche solo podía ser una experiencia aterradora. Hasta que, una noche, al mirar a la mujer que estaba en mis brazos, la vi convertida en un espantoso cadáver. No es que viera gusanos saliéndole de la nariz pero, de pronto, me pareció mortalmente pálida, con los labios lechosos, la piel fría y exánime, los miembros rígidos y un rictus espeluznante en los labios... Se movía, incluso trató de besarme, pero estaba muerta... Aullé de miedo como un lobo demente. Sin vestirme siquiera, salí a la calle dando tumbos y gritando. Tardaron bastante en detenerme: corría demasiado para ellos, supongo. Y mis dos metros de desnuda y desatada humanidad debían de resultar un tanto disuasivos. Puede que haya pocas cosas más aterradoras que un tipo enloquecido de pánico, qué paradoja. Y la verdad es que no sé cómo demonios pudieron encontrar una camisa de fuerza de mi talla...

Entonces la voz se le quebró y, tras una pausa muy breve, estalló en una estentórea carcajada de barítono. Era una risa de una asombrosa musicalidad y llena de extrañas sonoridades que cobraron de pronto un lúgubre acento. Se me heló la sangre en las venas y retrocedí instintivamente, asustada por mi propia fantasía.

—¿Lo ves? —dijo Markus, nuevamente dueño de sí—. No puedo reírme. Asusto a la gente. Por eso siempre me esfuerzo por estar serio.

Tan enfrascada estaba en mis fabulaciones en torno a Markus Barta que, cuando la puerta de la sala se abrió, di un brinco en la anatómica butaca. Una azafata vestida de rojo ahogó una risita, se disculpó por haberme asustado, dejó encima de la mesa una de las dos bandejas de canapés que acarreaba y desapareció a trotecillo ligero. Pensé que tal vez llevaba horas repartiendo bandejas de canapés a individuos que, como yo, aguardaban para salir en la tele en salas de espera rigurosamente separadas.

Advierto que mis recuerdos están descomponiéndose, desarbolados bajo el fuego de una batería enemiga. Al principio era sólo una pérdida de brillo y nitidez en la calidad del recuerdo; pero ahora el enemigo conquista terreno pulgada a pulgada y muchos recuerdos aparecen salvajemente mutilados, decapitados los unos y con retorcidos muñones en lugar de miembros los otros. Conozco a mi enemigo: no sólo sé quién es, sino que comprendo sus motivos con diáfana y dolorosa claridad. Es más: admito que, si estuviera en su pellejo, haría exactamente lo mismo. Por eso sé que cualquier resistencia sería inútil: ya puedo revolverme como un león que mi enemigo no cejará en sus andanadas hasta empujarme a un abismo sin fin. Saber que fui yo quien se metió en la trampa de cabeza y sin dudarlo un instante es algo que en otras circunstancias me haría descoyuntarme de risa. Pero todavía es pronto para hablar de eso.

Confieso que mientras la voz de Markus me contaba su enloquecido periplo por las calles a altas horas de la noche, traté de aprovecharme de su desnudez para inspeccionar su cuerpo. Ya sé que es feo mirarle el culo a un tipo que te está confiando el drama de su vida y que además huye de un par de loqueros que quieren embutirlo en una camisa de fuerza, pero así es de miserable la condición humana, qué quieren. Lo cierto es que el culo que yo vi, de nalgas rotundas, prietas y fibrosas, invitaba al extravío de los sentidos. Por desgracia, fracasé en mi empeño de echarle un vistazo a su polla, no sé si por culpa de la pésima iluminación de las calles, o porque él corría demasiado o porque a veces mi imaginación se obstina en escamotearme cosas, la muy puta.

En cualquier caso, la irrupción de la azafata roja con la bandeja de canapés rompió el hechizo y ya no pude representarme mentalmente la continuación de la historia de Markus. Si mal no recuerdo, en la bandeja había seis clases distintas de canapés; excepto los de jamón serrano, todos los demás llevaban una base de pan inglés. Los que más me gustaron fueron sin duda alguna los de gorgonzola con nueces sobre una fina capa de mantequilla, seguidos de muy cerca por los de jamón dulce cubierto con filamentos de yema de huevo caramelizada y los de pimiento rojo escalibado y coronado por una anchoa enroscada sobre sí misma que me hizo pensar en un gato dormido. Los de salmón ahumado con pepinillo en vinagre sobre fina capa de mantequilla y los de gambas con lechuga y salsa rosa quedaron en el peldaño más bajo de mis preferencias. Les pido disculpas por la injustificada atención que mi memoria le dispensa a un puñado de canapés, pero es que hace tiempo que no tomo comida decente.

El caso es que no volví a pensar en Markus hasta que, un par de días después, entré en una librería para averiguar si *El último hombre* figuraba entre la bibliografía de Camus. Pero en lugar de irme directamente a las estanterías de narrativa, no pude resistir la tentación de curiosear un rato. Fue entonces cuando cayó en mis manos un grueso tratado sobre medicina forense y deontología médica, ilustrado con profusión de croquis y de macabras fotografías. Jamás había visto nada parecido. Mientras hojeaba el libro, debatiéndome entre la repugnancia y la morbosa fascinación que ejercían sobre mí aquellas imágenes a cual más horripilante, tuve la absoluta certeza de que Markus Barta era forense. Ése era su mundo y de ahí venía sin duda su interés por los epitafios y su afición a visitar cementerios. Cuantas más vueltas le daba a la idea, más pertinente me parecía. De pronto, todo encajaba: en algún momento, Markus debía de haber comprendido que el origen de sus crisis de angustia era el horror a la muerte, y que la única forma de vencerlo era enfrentarse a ella mirándola a los ojos, cara a cara.

Me dije también que, así como yo me había hecho actriz para borrar la humillación encajada en el concurso de oraciones cada vez que me subía a un escenario, también Markus se había hecho forense para reescribir la espantosa y grotesca escena en la que a su abuela le rompían las rodillas de un martillazo y él cometía la imperdonable atrocidad de desternillarse de risa.

4
En la boca del lobo

Ya he dicho que el enemigo se aplica con ahínco a la innoble tarea de desmantelar mis recuerdos y que hay fragmentos que han dejado de estar disponibles en catálogo. Tratar de recordar empieza a parecerse a una visita por uno de esos museos abarrotados de estatuas decapitadas.

Sin embargo, mi última comida en casa de mis padres se las ha ingeniado para escapar sorprendentemente indemne a las embestidas de la erosión, aunque, a decir verdad, nada de lo que sucedió en ella la distingue de las treinta comidas anteriores. Imagino que, de haber tenido lugar, tampoco las treinta siguientes habrían sido muy distintas.

Como siempre, antes de subir a casa de mis padres di tres vueltas completas a la manzana, para concederme una generosa oportunidad de huir. Conforme daba las tres vueltas, exploré de forma exhaustiva las ventajas de una huida a tiempo. A pesar de que hace ya más de una década que inauguré esta tradición, por algún motivo inexplicable nunca he huido. Al contrario: en el último tramo suelo apretar el paso con la impaciente excitación del torero que tiene prisa por saltar impetuosamente al ruedo para enfrentarse de una vez por todas a la bestia sanguinaria.

Entre los múltiples peligros que me acechan cuando visito al clan Ulibi Cano, el mayor de todos ellos está en mí misma. Ya puedo arder en deseos de verlos, ya puedo repetirme una y mil veces mientras subo las escaleras que haré lo imposible por que todo vaya sobre ruedas: en cuanto cruzo el umbral, experimento una radical metamorfosis que me deja lista para ofrecer en espectáculo (completamente gratuito, butacas de platea, visibilidad inmejorable) lo peor de mí misma. Habida cuenta de que lo mejor de mí misma no es como para que la gente me persiga para imponerme la medalla al buen comportamiento, cuando digo lo peor me refiero a algo directamente nauseabundo: me convierto en una criatura desagradable, antipática, iracunda, con escaso autodominio y doctorada *cum laude* en miradas torvas, silencios desdeñosos, sonrisas aviesas y sarcasmos de primera. Supongo que si con el resto del mundo hiciera gala de una tercera parte de la monstruosa desconsideración que gasto con el clan Ulibi Cano, en mi casa no habría un montón de tarjetas personales recolectadas a lo largo de un par de décadas de vida social. Mi única justificación estriba en que, al fin y al cabo, mis desagradables incursiones en el hogar Ulibi Cano son el único vínculo de mi familia con la cruda realidad. De otro modo, correrían el riesgo de creer que el mundo es tal y como lo describía Louise May Alcott en *Mujercitas:* paz, bondad, harmonía y buenos sentimientos, todo ello sepultado bajo media tonelada de almíbar.

Sabía que aquel día las cosas iban a ser más difíciles de lo normal. El epitafio de mi abuelo todavía me hostigaba las mientes con sus efluvios de rosas y azucenas. Desde mi visita al cementerio una semana atrás, aquel rectángulo de granito gris pesaba sobre mi ánimo como una maldición. Ni invirtiendo en ello seis o siete vidas podría haber encontrado algo que sintetizara, sellara y rubricara de manera más insultantemente explícita la conformidad de mi familia materna con sus destinos truncados. Ninguna forma de mansedumbre me ha inspirado jamás simpatía alguna, pero la mansedumbre de mi familia siempre me ha parecido una modalidad particularmente abyecta.

Supuse que mi madre me estaría esperando en el rellano con la puerta entreabierta porque, mientras subía las escaleras, empecé a oír las primeras notas de *Aprendiendo a perdonar*, su himno espondalario predilecto. Tenía por costumbre ponerlo una y otra vez en el radiocasete mientras despachaba las tareas domésticas. Apreté los dientes y sentí una viva nostalgia de Nico. Sabía de sobra que su presencia rara vez contribuía a templar mis nervios, pero así es de caprichosa la nostalgia.

Tal y como lo había imaginado, me esperaba acodada en la barandilla, como un Dios tutelar que vigilase desde lo alto a sus pupilos.

—¿Vienes sola? —me preguntó en cuanto advirtió que, efectivamente, iba sola. Con mi madre, la mera evidencia física y palpable no suele ser un dato suficiente.

—Sí, vengo sola. ¿O es que no lo ves?

—¿Y Nico?

—Está ocupado, ya te lo dije. ¿O no te lo dije?

—Ocupado, ocupado, ocupado. Crees que tu madre es idiota, ¿verdad?

—Al contrario; siempre me he felicitado por haber heredado tu inteligencia y tu amplitud de miras.

—No me vengas con chirigotas. Hace seis meses que me repites que Nico está ocupado. Dime la verdad: has dejado escapar a ese muchacho por tu mala cabeza y ahora te da apuro confesármelo, ¿no es cierto?

Sofocar el mugido de ira que trepaba por mi garganta firmemente decidido a hacer uso de su legítimo derecho a la libertad de expresión me costó un esfuerzo heroico. Consciente de que la cuota de heroísmo que me ha sido asignada para gestionarla a lo largo de toda la vida corría el peligro de agotarse en ese preciso momento, me escabullí de la esfera de influencia de mi madre.

No había calculado que, al sortear un peligro, podía verme arrastrada a otro mayor. No hacía ni un minuto que me había librado de los reproches de mi madre cuando mi padre, el único miembro no espondalario de la familia, me colocó una brocha en la mano con ánimo de que lo sustituyera en la tarea de pintar una ventana. Por una vez me mostré complaciente. Mientras me esforzaba por seguir sus instrucciones acerca de cómo pintar una ventana, mi padre capitaneaba, estimulaba, organizaba, coordinaba, canalizaba, optimizaba y expurgaba de penosos errores mi trabajo. Siempre he pensado que tiene alma de capataz: dirigir el trabajo ajeno es la única pasión irrenunciable de su vida.

Por desgracia, con mi padre las cosas no fueron mucho mejor que con mi madre: diez minutos después de que yo la emprendiera con la ventana, asistida por la mejor voluntad y convencida de que de un momento a otro me saldría una aureola, mi padre ya no coordinaba ni optimizaba ni estimulaba, sino que resoplaba y se tiraba de los pelos al tiempo que se lamentaba con lacerante amargura del intolerable azote que supone tener dos hijas tan inútiles como Coral y yo. Que me aspen si entiendo por qué cuando una de nosotras dos mete la pata, la otra queda automáticamente bajo sospecha. No somos gemelas ni mellizas y nos parecemos tanto como la noche al día.

Mientras, con el gesto trágico de quien acaba de sobrevivir a una gran catástrofe, mi padre se adiestraba en el arte del reniego con excelentes resultados, decidí que saludar a mi abuela era la opción más apacible de cuantas se me ofrecían. La encontré en el salón, sentada en su silla de ruedas. La vejez había reducido su volumen en dos o tres tallas, hasta el punto de que a veces tenía la impresión de hallarme ante una figurita de terracota de mi abuela. Al verme, las facciones se le iluminaron con una sonrisa de oreja a oreja y se puso a rebuscar afanosamente en los bolsillos de su bata.

—Toma, neniña —me dijo, indicándome por señas que abriera la mano para depositar en ella un botón.
—¿Qué es esto?
—Una mota, tonta. ¿Es que Dios *non* te puso ojos en la cara?

Se rió ruidosamente de su propio chiste mientras a mí se me encogía el corazón.

—Anda, neniña, baja a la calle, cómprate lo que quieras con la mota y ve a por tu abuelo. Dile que Pepe, el de Corrubedo, trajo unos percebes gordos como mi pulgar y que huelen a gloria. Ya verás como tu abuelo viene corriendo.

Supe que me confundía con mi madre y que el abuelo a quien se refería era en realidad mi bisabuelo. No era la primera vez que me mandaba a corretear, con una mota en el bolsillo, por el año treinta y tres o el treinta y cuatro o el treinta y cinco o los dos primeros trimestres del treinta y seis. El treinta y siete ya no podía ser porque el 20 de julio de 1936 mi bisabuelo había sido descabalgado del censo de El Ferrol por un pelotón de fusilamiento.

En los últimos años, los recuerdos de mi abuela me hacían pensar en una familia dividida por el telón de acero. La senilidad había trazado en ellos una nítida línea; de un lado de la frontera quedaban los recuerdos anteriores a 1936 y del otro, los posteriores. El hecho de que la erosión hubiera atacado con mayor saña los recuerdos posteriores a 1936 era algo que me llenaba de perplejidad. Tampoco los recuerdos anteriores a la guerra estaban intactos, pero los estragos del tiempo los habían tratado con mayor benevolencia. Eran como utensilios de cerámica resquebrajados y con los bordes desgastados, pero conservaban íntegros su forma, sus vivos colores y sus cenefas, mientras que los recuerdos posteriores a la guerra eran sólo diminutos pedazos de cerámica, a menudo irreconocibles, cuya catalogación habría supuesto todo un reto para el más paciente y concienzudo de los ceramólogos.

Pero lo más curioso de todo es que mi abuela había olvidado por completo que era espondalaria del Supremo Hacedor. Un par de años antes de que una embolia la confinase en una silla de ruedas, empezó a desaparecer misteriosamente de casa, a veces mañanas o tardes enteras. Pese a que había montado una red de información por todo el barrio, mi madre tardó varios meses en descubrir dónde diablos se metía. Digamos que la Sagrada Familia era el último lugar donde se le habría ocurrido buscarla. Pero fue allí donde una bienintencionada vecina aseguró haberla visto poniéndole cirios no recuerdo a qué santo, y fue allí donde finalmente la pillaron *in fraganti* para eterno desconsuelo de mi madre. La embolia vino a poner un abrupto punto final a estas furtivas e impías excursiones a la sede de la competencia, aunque mi abuela ya no abandonó el terrorismo religioso; de vez en cuando le daba por santiguarse, invocar a la Virgen o insistir en que la llevaran a misa. Cuando mi madre zanjaba el asunto con un *no* categórico, mi abuela la miraba con la expresión genuinamente escandalizada con que una beata se habría enfrentado a un ateo enfurecido. Supongo que, sin darse cuenta de ello, en su fuero interno nunca dejó de ser católica. En apariencia, abrazó la fe espondalaria cuando su marido se convirtió y se adaptó sin grandes problemas a los nuevos ritos y creencias, pero sin sustituir realmente las antiguas, que se quedaron allí, en un estrato más antiguo y profundo de la conciencia, protegidas de los embates de la senilidad.

Se ha hablado mucho de las virtudes de la música para amordazar a la bestia primitiva que todos llevamos dentro y poco o nada del servicio que puede prestarle a la paz un oportuno festín. Mi visita no podía haber empezado de forma más nefasta, pero cuando mi madre nos sirvió un plato de su siempre celebrada bullabesa me sentí tan pletórica de buenos sentimientos como un hitita después de firmar el tratado de Kadesh. No bien hube probado la primera cucharada de aquella obra de arte, la gratitud me impulsó a recompensar a mi madre con otra obra maestra. Si elegí *Le dormeur du val*, de Rimbaud, que recité en francés y con sentida entonación, no fue porque le encontrase ocultas conexiones con el pacifismo espondalario, sino por nada en particular. Supongo que podía haber elegido cualquier otro poema, porque mi madre no entiende una palabra de francés. Sin embargo, le encanta oírme recitar en esa lengua: sostiene, que me aspen si entiendo por qué, que me hace parecer buena persona. Estuve a punto de prometerle que si no volvía a mencionar a Nico hasta el Armagedón, le grabaría toda una cinta de poesía francesa pero, con un admirable sentido de la oportunidad, mi padre sacó entonces a colación el tema monográfico del día. Como conversador, se limita a la difusión de noticias, siempre concernientes a actividades de terceros.

—¿Sabes a qué se dedica ahora tu hermana?

Coral vive en Foulekan, una apacible población normanda de veinticinco mil almas, donde su vida se ve libre del terror que acosa a algunos espondalarios sensibles (y también a ciertos ex espondalarios encallecidos) cuando están cerca de un templo impío de ominosa mole: la única iglesia de Foulekan cuyas torres podrían haber competido con las de la Sagrada Familia fue reducida a cascotes en el curso de un bombardeo. En su lugar se erigió un templo moderno que todos los franceses censados en Foulekan y todos los visitantes procedentes de cualquier otro rincón del planeta están de acuerdo en considerar un insulto a la inteligencia y un azote para la vista. ¿He dicho todos? En ese caso, miento como una bellaca: Coral Ulibi Cano irrumpió en Foulekan de forma providencial, cuando la autoestima del templo andaba ya por el peldaño más bajo que le es dado ocupar a una autoestima en su camino hacia la extinción más absoluta. Hasta tal punto le entusiasmó a mi hermana el aspecto exterior de la iglesia (cuya altura es aproximadamente la de un edificio de tres plantas), que siempre he sospechado que fue eso lo que la predispuso a enamorarse de un nativo de Foulekan y rechazar al nativo de Chartres que había sido hasta la fecha su más tenaz pretendiente.

Mi padre no había conseguido colocar dos palabras seguidas cuando mi abuela lo interrumpió.

—¿Cuándo vais a sacar los percebes?

Llevaba un rato examinando la bullabesa con la cuchara, como si temiera que mi madre hubiera cometido la herejía de echar los percebes en la sopa.

—Mamá, cariño: hoy no hay percebes.

—¿Cómo que no hay percebes? Pero si yo los vi. Los trajo hace un rato Pepe, el de Corrubedo.

—No, mamá, por el amor de Dios.

—Se conoce —dijo mi abuela guiñándome un ojo— que tu madre se los quiere zampar todos ella.

—¿Sabes a qué se dedica ahora tu hermana? —volvió a embestir mi padre.

—¿Ha dejado la arquitectura?

—¡Qué va! ¿Cómo va a dejar la arquitectura? ¿Estás loca o qué? ¡Con lo bien que le va!

—¡Si es que a esta hija mía se le ocurre cada cosa! ¡Mira que dejar escapar a ese muchacho por tu mala cabeza! —intervino mi madre, que al parecer está espiritualmente constreñida por alguna fuerza superior a mortificarme a la menor ocasión.

Se me ocurrió que si mi madre me prefiere cuando hablo francés, tal vez yo la preferiría a ella si hablara —es un suponer— yídish. Cabe asimismo la posibilidad de que si ella hablase paleobabilonio y yo swahili nuestra relación fuera excelente, quién sabe. El imperio de lo posible es tan vasto que cosas que sobre el papel harían morir de risa al menos escéptico de los mortales, en la práctica, voto a bríos, suceden.

Por algún motivo que ignoro (tal vez una insólita configuración astral o el paso de algún cometa cuyo influjo se dejaba sentir en esa zona de la tierra) encajé sin alterarme la filípica de mi madre.

—Papá, ¿me vas a contar a qué se dedica mi hermana?

—Bueno, si insistes —dijo mi padre con la típica inflexión de alguien a quien le han dado la matraca durante un par de horas seguidas para sonsacarle algo que inicialmente se resistía a contar.

—Pero si todavía no ha insistido, pobrecita... —fue la humilde contribución de mi abuela al desbarajuste general.

—Abuela, usted coma y calle, que ya me están tocando los cojones entre todas.

Imaginé un retrato de familia en el que mi padre ocuparía el centro del cuadro mientras las tres generaciones de mujeres de la familia nos aplicábamos a la innoble tarea de apretar y retorcerle despiadadamente las gónadas.

—¡Ha dicho cojones! —chilló mi abuela con la expresión entre perpleja y alborozada de una niña de siete años que descubriera el irresistible placer de soltar palabras soeces.

—¿Lo ves? —dijo mi madre volviéndose hacia mí—. Incluso eres capaz de sacar de quicio a tu padre, que es el hombre más paciente del mundo.

El mito de la paciencia de mi padre es uno de los espejismos más frecuentes del repertorio de mi madre. Que la cruda realidad lo derribe tres o cuatro veces al día es algo que jamás ha hecho mella en su ánimo.

Hice una última y desesperada tentativa por regresar al tema monográfico del día.

—Papá, ¿me vas a contar de una vez por todas a qué se dedica ahora mi hermana?

Pero mi padre me miró durante unos instantes para mostrarme cuán dolido estaba en su vapuleado afán de difundir noticias y mi madre, que ya debía de estar al tanto de las últimas andanzas de Coral, aprovechó la pausa con su característica celeridad.

—¿Por qué no nos cuentas a qué te dedicas tú en estos momentos?

Acentuó el «a qué te dedicas tú» como si fuera un fiscal en cuyo poder obrase un informe pormenorizado de mis últimas fechorías. Era la campeona indiscutible en la especialidad de inyectar kilotrones de censura en las entretelas de la más inocente de las frases. ¡Ah, el clan!, pensé. Cuando estoy en familia, tarde o temprano acabo sintiéndome como alguien obligado a permanecer en un garaje con exceso de monóxido de carbono. A pesar de que me faltaba el oxígeno, traté de responder con serenidad.

—Estreno una obra la semana que viene. Pensaba que te lo había dicho. *Acaso los ácaros acabaron acariciando a las acacias.*

—Si piensas que diciendo tonterías sin sentido me vas a disuadir de seguir preguntando, estás apañada. ¿O es que una madre no tiene derecho a saber en qué anda metida su hija?

—Mamá: *Acaso los ácaros acabaron acariciando a las acacias* es el título de la obra.

—Entonces no hace falta que me invites al estreno; seguro que es otra porquería de esas. ¿Por qué sólo te llaman para hacer porquerías inmundas?

—¿Y haces de acacia o de ácaro? —indagó mi abuela.

—¿También esta vez sales desnuda? —volvió a embestir mi madre—. No sabes con cuánta impaciencia espero el día en que por fin te decidas a hacer algo de lo que no tenga que avergonzarme. Una obrita edificante, que hable de cosas bonitas para que tu padre y tu madre puedan ir a verla sin sentir bochorno. ¿Te has preguntado alguna vez si has hecho algo de provecho desde que dejaste la Verdad? ¡Mira que dejar escapar a ese muchacho!

Cuando salí de allí, las gambas de la bullabesa me daban coces en el estómago. Me sentía como si arrastrara cincuenta maletas llenas de piedras. Siempre había adorado a mis padres con la enrarecida pasión de quien no tiene la menor oportunidad de manifestar sus sentimientos. Mostrar los sentimientos hace que éstos circulen: salen a la calle, respiran, se ventilan, se renuevan. O arden en una hermosa pira y la combustión los purifica. Pero los míos vivían encerrados en una mazmorra estrecha y oscura y soltaban efluvios tóxicos para demostrar lo poco que les gustaba ese régimen de vida. Me embargó una viva y extraña nostalgia por regresar a una imposible condición primigenia en mi relación con mis padres. En esa idílica condición primigenia, cuando alguien pronunciara una palabra, esa palabra sólo significaría esa palabra y resplandecería con un halo de reconfortante novedad y frescura. No llevaría atadas tras de sí cincuenta maletas rebosantes de sentidos viciados, perversos y polvorientos.

5
El fracaso sentimental
como una de las bellas artes

Sí, mamá, lo he dejado escapar. Soy culpable, *guilty*, *schuldig*. Encuentro a un tipo que contribuye a mejorar la decoración del planeta con un número extraordinario de gracias y virtudes, y ¿qué hago? Dejarlo escapar. Te alegrará saber que no tengo atenuantes. Ni siquiera puedo hacerme la víctima de un destino cruel y decir el pájaro voló, *c'est la vie, c'est comme ça, je n'y peux rien*, porque estuvo en mis manos retenerlo y no lo hice. Tampoco puedo decir, diecisiete segundos antes de desplomarme con teatral ademán en el sofá y romper a llorar con gran desconsuelo: ¡Oh, mamá! Tú no lo conocías realmente, pero bajo el superficial barniz de gracia y encanto había una persona horriiible con una docena de defectos que no pude soportar. No, no podría hacerlo porque me daría vergüenza. Y eso que soy actriz, lo que en la práctica significa que tengo cierta técnica para meterme la vergüenza en el recto.

La verdad es que los defectos de Nico nunca me resultaron insufribles. Se me ocurre incluso que tal vez me llevaba mejor con sus defectos que con sus virtudes. A veces su manera de afrontarlo todo con una insultante serenidad me sacaba de quicio y habría querido verlo ahogarse en un vaso de agua. Ésa es una de mis especialidades: soy capaz de nadar a mis anchas en medio de un océano embravecido y tumultuoso, como si la catástrofe fuera mi medio natural, pero al llegar a la orilla me ahogo en un vaso de agua.

Hace dos o tres semanas, durante uno de los ensayos hubo un terremoto. Nada, una tontería. Sólo 4,9 en la escala de Richter durante unos once segundos, según dijeron en el informativo de la tele. Aun así, acababan de montar una parte de la escenografía y varios paneles cayeron aparatosamente sobre el escenario, con lo que hubo un movimiento de pánico que acabó con varios de mis colegas en actitudes ridículas. El ayudante de dirección le desgarró la blusa a S.O.S., de forma que la directora se quedó con las tetas al aire mientras duró la confusión. Y el protagonista se abrazó a la protagonista sin dejar de proferir histéricos chillidos. Cuando no se hallan en medio de un terremoto, los dos protagonistas de *Acaso los ácaros acabaron acariciando a las acacias* se profesan una mutua y sistemática hostilidad que a menudo entorpece con tensiones suplementarias el ya de por sí complejo desarrollo de los ensayos. Al técnico de luces, un tipo grandullón y malcarado que toma cocaína a todas horas, lo encontramos arrebujado en posición fetal detrás de las cortinas. Me pareció que rezaba, aunque tal vez me equivoco. Puede que sólo llamara a su mamá. El pánico es más contagioso que la lepra.

Yo, sin embargo, estaba más tranquila que una columna dórica que llevara tres mil años en pie tras sobrevivir a cincuenta y tres terremotos de distintas intensidades. Después de haberme pasado toda la infancia temiendo que el Fin del Mundo llegara de un momento a otro, debo de estar entre las diez personas mejor preparadas del planeta para afrontar una catástrofe. Admito que lo primero que pensé fue: ¡Toma! ¡El Fin del Mundo! Así que los espondalarios llevaban razón... ¡Quién lo iba a decir!

Cuando la confusión dio nuevamente paso al desorden habitual, alguien señaló que la única persona que se había mantenido inalterable durante el terremoto era yo. Todos me tributaron entonces la clase de admiración que se reserva a los héroes y las heroínas. Fue un momento emocionante aunque, lamentablemente, duró poco. La enormidad del ego de los actores les impide prestar atención durante mucho tiempo seguido a algo que no sea su propio ombligo. No me excluyo: es precisamente el conocimiento que tengo de mí misma lo que me permite hacer ciertas afirmaciones. De todos modos, aunque la dicha fue breve, los elogios cosechados hicieron subir de forma significativa el saldo de mi vanidad.

Sin embargo, cuando aquella noche llegué a casa, agotada y hambrienta pero feliz, y las patatas para la tortilla se me carbonizaron, me sentí ridículamente desamparada. Cualquier observador parcial o imparcial habría concluido que el desesperado llanto con que saludé el contratiempo, tumbada en el suelo de la cocina, era una reacción como mínimo desproporcionada. De hecho, Heidi, la coreógrafa alemana con quien comparto los ciento diez metros cuadrados de mi apartamento con ocasionales problemas territoriales, consideró que aquélla era una noche excelente para encerrarse en su habitación. Creo que el temperamento meridional en general y el mío en particular siguen siendo para ella un enigma insoluble.

Nico, en cambio, siempre reacciona bien, lo mismo ante una calamidad que ante una pequeña contrariedad. Supongo que la magnanimidad de alguien puede medirse en función de eso, de su capacidad de lidiar con naderías, que es lo realmente difícil en esta vida, no sólo porque las pequeñas contrariedades abundan más que las Grandes Calamidades, sino porque es objetivamente más difícil afrontar esa secuencia de pequeños naufragios, incomunicables de puro mezquinos, pero que se obstinan en minar el suelo que pisas con la constancia de un zapador, como si formaran parte de una estrategia a largo plazo, tranquila y paciente y por eso mismo insoportable. Tratad de abatirme de un mazazo y veréis como me convierto en la más aguerrida mortal que ha pisado el planeta desde los tiempos heroicos. Pero si me tiráis inocuos petarditos a los pies no tardaréis en verme caer con profusión de gritos y grotesco estrépito. No sé si queda claro lo que trato de decir. Una vez me hablaron de una mujer que fue abandonada por su marido. Tenía dos hijos: uno se mató en un accidente de tráfico y el otro no le hablaba porque un día ella se había equivocado con la marca de sus cereales favoritos. O porque le confiscó la moto cuando él suspendió los exámenes, no estoy segura. Sea como fuere, ella siguió adelante. Gran temple, gallardía de manual. Su casa quedó destruida en un incendio. La mujer aguantó el tipo. Entonces la empresa para la que trabajaba le regaló un reloj, no recuerdo si Rolex o Cartier, como premio a sus quince años de fidelidad a la casa. La instaron calurosamente a seguir con ellos otros quince años y conseguir así el reloj, no recuerdo si de oro macizo o de platino, que la empresa regalaba a los empleados que llevaban treinta años en ella. La mujer se vino abajo, tocada y hundida. Se deshizo del reloj, pero aun así no pudo vencer el horror que le inspiraba. Meses después, abrió una ventana, se encaramó a ella y se arrojó al vacío. Segundos antes de que se arrojara al vacío, su hijo volvió a dirigirle la palabra por primera vez en un par de años, pero su «¿Qué coño estás haciendo, mamá?» no obtuvo respuesta. Fin del paréntesis.

Lo que quiero decir es que Nico jamás haría algo así. Y no es que no tenga la imaginación y la sensibilidad necesarias para quedarse sobrecogido a perpetuidad por culpa de un reloj. Pero si tiene un problema y el problema puede resolverse, lo resuelve. Si el problema no tiene solución, se hace a la idea y consigue vivir con él. Y si no tiene problemas, no se los inventa. Jamás lo he visto invertir ni un miligramo de energía en la invención de un problema. Es un hombre cabal, un muchacho juicioso, como tantas veces has repetido para fastidiarme. Porque cuando una madre te repite centenares de veces que tu novio es un muchacho juicioso, lo que quiere decir en realidad es que no tiene la más remota idea de cómo diablos te las has ingeniado para conseguir que alguien así te mire a la cara más de tres minutos seguidos. También significa que cree tener sólidos motivos para temer que tarde o temprano acabarás por estropearlo todo.

No, mamá, no mentía cuando te dije que Nico está muy ocupado. La última vez que lo vi tenía un gemelo en cada brazo, Poluno y Poldós. No se llaman así pero sólo consigo recordar que uno de ellos se llama Pol, así que a Pol lo llamo Poluno y al otro, Poldós. Supongo que si todo el mundo hiciera lo mismo, el niño que no se llama Pol acabaría por ser un tipo interesante de mayor. Que nadie recuerde tu nombre cuando eres pequeño y sí, en cambio, el de tu hermano gemelo, debe de ser una experiencia capaz de curtir al más pintado. La clase de iniciación traumática que te da relieve, sabor, textura y carácter.

Ver a Nico con sus dos bebés recién nacidos fue una experiencia extraña. Tenía un aspecto tan desaliñado y parecía tan exhausto como si acabara de parirlos sin anestesia. Me dijo que tenía la impresión de llevar varios años sin pegar ojo. Sin embargo, y a despecho de las ojeras, nunca me había parecido tan sexy. Mientras el pobre Nico, que se había quitado la camiseta porque le encantaba notar la piel de los bebés contra la suya, trataba de convencerme con infructuoso ahínco de lo delicioso que era vivir pendiente de las dos entidades parasitarias que condecoraban su ancho y musculoso tórax con reguerillos de baba y leche regurgitada, yo pensaba en lo excitante que sería dejar que los gemelos berreasen un poco en sus cunas y darnos un último revolcón. Por supuesto, me abstuve de comunicarle a Nico mi ardiente deseo de sustituir a Poluno y Poldós en la tarea de condecorarle el pecho con babas. Había evaluado las posibilidades de éxito de mi propuesta en un miserable uno por ciento y no me apetecía encajar una negativa. En toda mi vida habré perdido una hora y media hablando de amor o tal vez un poco más. Pero no he perdido ni medio minuto persiguiendo a alguien que no estuviera interesado en mí o de quien sospechara que iba a decirme que no. Que no haya perdido el tiempo en esas tonterías no significa que no haya perdido enormes porciones de valiosísimo tiempo en cosas más absurdas si cabe. Pero cada cual es muy libre de perder el tiempo como le venga en gana.

Sólo una vez conocí el sufrimiento por amor, y aun así mi conocimiento es bastante deficiente.

Decir que Aldo era un pedazo de tío espléndido es quedarme decididamente corta. Era uno de esos narradores natos capaces de tenerte en jaque noches enteras con sus historias. Siempre sospeché que algunos de sus relatos eran inventados, por mucho que, con una especie de coquetería intelectual, Aldo negara tener otra fuente de suministros que la vida misma. Cuando le pregunté cómo había perdido el dedo meñique del pie, me contó sin vacilar que en una ocasión se había bañado en el mar Rojo con una novia suya que tenía la menstruación. El olor de la sangre atrajo a un par de tiburones que, afortunadamente, sólo se llevaron su meñique y el pulgar de la imprudente dama. Aldo se fingió mortalmente ofendido cuando le sugerí que la historia ganaría en verosimilitud si la situara fuera del mar Rojo para evitar coincidencias cromáticas que sonaban a hipérbole. La vida es una hipérbole, me contestó.

Con Aldo metí la pata desde el principio. Me gustaba tanto que, por puro afán de impresionarlo, después de pasar nuestra primera noche juntos le propuse que nos liásemos durante tres meses, pasados los cuales nuestra entente llegaría a su fin. Cuando, siguiéndome el juego, quiso saber por qué precisamente tres meses y no dos y medio o cinco, le contesté que me parecía una porción de tiempo adecuada. En tres meses, le dije, teníamos tiempo de escalar las más altas cumbres del placer sexual sin perder del todo el atractivo de la novedad. También podíamos endosarnos el relato de nuestras vidas sin incurrir en tediosas repeticiones y manteniendo cierto higiénico misterio. Pensar que uno es tan fascinante para que alguien le dedique más de un trimestre de su vida, seguí arguyendo envalentonada, no revela sino una cerril arrogancia y una lamentable falta de lucidez. Y, de cualquier forma, saber que tendríamos que separarnos en tres meses le confería a nuestro romance una especie de intensidad añadida.

Un día, decidimos abrir un atlas al azar, tirar un alfiler y viajar al lugar señalado por la cabeza del alfiler una semana antes de que nuestra relación alcanzase su fecha de caducidad. La idea era pasar siete días juntos antes de despedirnos para siempre. Mentiría si dijera que mientras tomábamos nuestra última cena juntos en un restaurante de la Piazza Dante de Nápoles no albergué locos deseos de que Aldo sugiriera que renovásemos contrato por otros tres meses. Puede que él esperase lo mismo de mí, pero no dijo nada. Hubo un momento en que se detuvo bruscamente en mitad de una anécdota graciosa y me miró en silencio. Mientras los ojos me ardían al fulgor de su mirada, contemplé seriamente la posibilidad de preguntarle si había algo que quería decirme, pero me quedé muda. Como la más aguerrida y romántica de las heroínas. O como una imbécil, elijan ustedes.

Habíamos hecho reservas en vuelos distintos, así que al día siguiente regresamos por separado. Durante una semana entera me revolqué en mi propio dolor como una bestia malherida. Tan grande era mi dolor que había algo incoherente en el hecho de que una persona de sólo un metro sesenta y menos de cincuenta kilos pudiera sufrir tanto. Pensé que tal vez se había producido una espantosa confusión, de forma que yo sufría por error el sufrimiento de alguien de tamaño muy superior al mío, una walkiria alemana de un metro noventa tal vez. Una walkiria que en ese mismo momento estaba perpleja ante lo poco que sufría después de que Wolfgang o Dietrich o Rainer hubiera desaparecido de su *Lebensraum*. Para ser exactos, todo eso no lo pensé entonces, sino que se me acaba de ocurrir ahora mismo. Aquella semana me limité a bucear en mi desesperación y a montar la guardia junto al teléfono. La terrorífica posibilidad de que a él se le ocurriera llamarme mientras yo estaba en la ducha y no me diera tiempo de llegar al teléfono me impulsó a suspender mis hábitos higiénicos. A los siete días de este peculiar régimen sanitario, él no había llamado y yo había resistido heroicamente la tentación de meter mis deditos en el teléfono para marcar su número. Pero respirar mis propios efluvios empezaba a ser un azote mayor que haber perdido a Aldo. Me metí en la ducha y me restregué con inusitado vigor durante media hora. Cuando salí me sentía como nueva. A la semana siguiente recibí la noticia de que Aldo había muerto un día después de que regresáramos de Nápoles. Un coche había embestido frontalmente el suyo. Durante meses, la pregunta de Aldo, ¿por qué tres meses y no dos y medio o cinco?, amuebló mi vida con fragor de pesadilla. No me negarán que soy insuperable en el arte de dejar escapar muchachos.

Puede que ustedes no crean que sea posible elegir cuando se trata de amor. Puede que crean que yo no amaba de verdad a Aldo y que por ese motivo fue fácil decidir dejar de sufrir. Yo creo que no es así. Lo que uno quiere siempre está en función de lo que uno está dispuesto a querer. He conocido a gente desesperadamente predispuesta a enamorarse y, por supuesto —qué casualidad—, se enamoraban; otra cosa es que fueran correspondidos.

También he visto a personas que sufrían durante años a causa de un amor desafortunado; supongo que el dolor es muchas veces preferible a la nada, al vacío. El dolor significa algo en qué pensar, algo que llena las horas y los días y las semanas y les da forma y consistencia. Sufrir implica que hay un proyecto; uno tiende, como mínimo, a intentar librarse del sufrimiento. O a fingir que quiere librarse de él cuando lo que en realidad pretende es alimentarlo para mantener a raya al fantasma del vacío. Pero la nada es la nada. Es posible que la nada haya comprado más pistolas y haya descerrajado más tiros en la sien que el dolor. Hasta puede que el persistente sentimiento de la nada —la auténtica nada: nada al norte, nada al sur, nada al este ni al oeste— sea la única forma intolerable de dolor.

Pero volvamos a Nico. De haber sido sometido a análisis en algún laboratorio de estudios del alma, tal vez la primera conclusión apuntaría a que es una forma sólida. Sus gallardas reacciones frente a las embestidas de la realidad demuestran la existencia de una serenidad firmemente asentada sobre sólidos cimientos. Hay tipos que parecen de piedra pero, si rascas un poco, la piedra resulta ser arenisca, un material demasiado poroso, blando e inconsistente. Nico no. Él es Míster Obsidiana, más sólido imposible. Y, pese a que el espécimen fue sometido a toda clase de estímulos agresivos, en ningún momento dejó de dar prueba de una encomiable estabilidad. Si yo, que soy un fluido, regresaba a casa a las seis de la mañana después de haber catado los encantos espirituales y físicos de algún tipo difícil, agreste e inestable, Nico jamás me decía nada. Ni un reproche, ni un remoto atisbo de ironía, nada. Ni siquiera me hacía preguntas. Un día me atreví a preguntarle si no le molestaba que regresara a las tantas. Su asombrosa respuesta fue que confiaba plenamente en mí. Durante meses, esa respuesta me inmunizó contra los encantos físicos, que no espirituales, de los tipos difíciles, agrestes e inestables. Cuando ya estaba a punto de resignarme a ser un pedazo de diorita, petrificada en mi sólida lealtad a Nico, volví a las andadas. Saltar de una fascinación a la siguiente me resultaba tan natural como dejar de ser Ifigenia para zambullirme en algún personaje de Brecht o de Tenessee Williams. Ya saben: la diversidad de la especie ofrece infinitas posibilidades de instrucción y deleite. ¿Han observado alguna vez las distintas conductas de los usuarios de un restaurante? Yo sí, y eso me faculta para afirmar que, a grandes rasgos, nos dividimos en dos categorías. Hay quien, tras echarle un breve vistazo a la carta, elige sin vacilaciones un par de platos y nunca se arrepiente de su elección. Nico es así. Yo pertenezco a la otra tipología. Me debato en la duda durante una eternidad sólo para tomar una decisión de la que me arrepiento sistemáticamente en cuanto el camarero se aleja con el pedido. O cuando el plato llega a la mesa y lo comparo con lo que han elegido los demás. No es que mi plato no me guste; lo que sucede es que las opciones rechazadas ejercen presión sobre mis neuronas recordándome todo lo que me pierdo.

Nico, en cambio, siempre se orienta con insultante solvencia a través de sus deseos. Ignoro si su brújula es de mejor calidad que la mía o si lo que ocurre es que sus deseos son como un jardín francés, con macizos y setos perfectamente recortados y parterres dispuestos según el criterio racionalista, mientras que mis deseos son una enmarañada jungla donde hay que avanzar (o retroceder) a machetazo limpio o descolgándose de liana en liana.

La verdad es que, lejos de disgustarme o de resultarme tediosa, la solidez de Nico me divertía y me proporcionaba a la vez un agradable contrapunto al mundo enloquecidamente neurótico del teatro, lleno de vanidad y de ruido. El único problema es que, como forma sólida, Nico tendía a construir formas sólidas. La enésima vez que me pidió que dejáramos de tomar precauciones para que no me quedara embarazada no tuve valor para seguir dándole largas y le dije que no tenía la menor intención de ser madre a corto, medio o largo plazo. No crean que fue fácil; dudo que lo hubiera conseguido de no haberme atizado antes un par o tres de copas.

Semanas después de la ruptura, Nico encontró otra novia. Mentiría si dijera que me alegré. Yo quedé a merced de tipos difíciles, agrestes e inestables. Sin contrapunto. En medio de mi pesadumbre, sin embargo, hubo un pensamiento cuya mera presencia en mis meninges bastó para irritarme a muerte. Habría querido expulsarlo de un expeditivo puntapié mental, pero ahí seguía, espúreo, insolente y dotado de una salud de hierro. No te lo vas a creer, mami, pero el caso es que, entre todos los motivos de pesadumbre asociados a la pérdida de Nico, no era el menor mi invencible aprensión a contártelo a ti. En cuanto me percaté de ello, resolví contrariar cuanto antes esa estúpida y vergonzosa aprensión. Pero me faltó arrojo. Cuando, presuntamente imbuida de una firme determinación, me dispuse a confesarte que el muchacho juicioso y yo habíamos roto, me quedé tan muda como un pedazo de antracita. Fue un duro golpe a mi orgullo. Como réproba, pertenecía a una especie más bien de pacotilla, material espúreo y barato, saldado en alguna barraca de feria a tanto el kilo. Desde que deserté de las filas de los espondalarios, no sólo me había aplicado con alegre tesón a la tarea de ser una proscrita, una réproba, sino que me había jactado de ello en lo más profundo de mi alma. Tenía la impresión de haber roto la inercia familiar. Sentía que era distinta, que mi destino era mío en mayor grado de lo que suele pertenecerle a alguien su destino. Pero descubrir que una oscura parte de mí necesitaba ardientemente la aprobación de mi madre me arrancó de cuajo cualquier ulterior motivo de vanagloria.

La adoración que mi familia en pleno le profesaba a Nico era recíproca. Cuando volví a verlo después de la ruptura y le transmití los calurosos saludos de toda mi parentela, Nico, que siempre tiende a establecer sólidos lazos afectivos, me preguntó si me molestaría que los visitara de vez en cuando. Yo me limité a sugerirle amablemente que me acompañara en mis comidas familiares. Él nunca me preguntó si los había informado acerca de nuestra ruptura, y yo no le dije que no sabían nada. Así que Nico y yo seguimos apareciendo juntos por mi casa como si todavía compartiéramos cama y nevera. Ni siquiera tuve que recurrir a la mentira para mantener vivo el espejismo de mi estabilidad sentimental.

Ya ves, mami; a veces yo también necesito construir espejismos. Debe de ser una singular composición de la sangre, que irriga el carácter en lentas oleadas, dejando un inevitable poso, una impronta antigua y mil veces repetida en nuestros gestos, como el dibujo de un sello-cilindro impreso en arcilla.

Saboreé el peligro que se cernía sobre aquellas comidas familiares con maquiavélica delectación. Mantenerlos a todos en la ignorancia a lo largo de un año entero, mientras, en el último tramo, Poluno y Poldós crecían en el vientre de su madre, fue bastante más sencillo de lo que había imaginado. En un gran alarde de delicadeza muy propio de él, Nico jamás mencionó el asunto de su inminente paternidad. Y, si algún miembro de mi familia aludía a nosotros como una pareja, el hecho era interpretado por Míster Obsidiana como un lapsus del lenguaje o un olvido pasajero atribuible a la larga costumbre.

Sólo la ruidosa irrupción en el mundo de Poluno y Poldós dio al traste con esta peligrosa forma de diversión.

6
El lago

El catálogo de reproches con los que mi madre me torpedeaba incluía proyectiles de carácter intemporal y proyectiles con fecha de caducidad. Entre los especímenes intemporales brillaba con luz propia «Un día me matarás de un disgusto», todo un clásico del género, seguido de muy cerca por «Desde que dejaste la Verdad, no has hecho más que hundirte en el lodo». Mi madre había alcanzado tal maestría en el arte del reproche que no se contentaba con una repetición mecánica y rutinaria de los sonsonetes, sino que, en un alarde de virtuosismo, en cada edición renovaba el vestuario léxico con sutiles aportaciones que me arrancaban, muy a mi pesar, oleadas de secreta admiración. Imbuido del espíritu de las estrellas de Hollywood, en las grandes ocasiones el «hundirte» de «Desde que dejaste la Verdad no has hecho más que bla bla bla» comparecía del brazo de algún adverbio que hacía las veces de atractivo acompañante. Entre esos galanes del verbo, los más asiduos eran «ostensiblemente» o «visiblemente», en los que mi madre se apoyaba un instante para darle al conjunto un efecto enfático. En otras ocasiones, «hundirte visible u ostensiblemente en el lodo» era sustituido por «revolcarte en la inmundicia como una cerda en su pocilga» o por «refocilarte en la ignominia y la depravación». Tantas eran las sorpresas que me deparaba la prodigiosa amplitud de su paleta léxica que alguna vez me descubrí pensando, no sin cierta melancolía, que mi madre había despilfarrado un enorme capital literario en una empresa de escaso calado. No me cabe la menor duda, por otra parte, que fue mi prolongada exposición a su curiosa forma de expresarse, como si siempre se subiera a un púlpito imaginario antes de abrir la boca, la que contribuyó a forjar mi aguda sensibilidad hacia las singularidades del habla.

Así como los reproches intemporales ejercían su reinado de forma simultánea, los que tenían fecha de caducidad se descabalgaban del trono unos a otros según una lógica inversa a la que gobierna la sucesión de los monarcas; lo que forzaba la sucesión no era la muerte de un soberano, sino el nacimiento de un joven príncipe. En estricta observancia de esta ley invariable, el reciente advenimiento de «Mira que dejar escapar a ese muchacho por tu mala cabeza» suponía el final del reinado de «¿Por qué no te casas con ese muchacho y dejas de avergonzarme?», de la misma manera que el período de esplendor y apogeo de «¿Por qué no te casas con ese muchacho?» había precipitado la caída de «¿Algún día me darás la alegría de pasearte con el mismo muchacho un año seguido?». En función del humor de mi madre, *pasearte* se convertía a veces en «tontear», «zascandilear» o «acostarte», aunque, en casos de extrema ferocidad, la expresión elegida era «dedicarte a la fornicación». El lenguaje se convertía así en un sismógrafo que me permitía medir con extraordinaria precisión el estado de ánimo de mi madre, su actitud hacia mí y el peligro potencial que su vecindad entrañaba.

Sólo ahora caigo en la cuenta de que los reproches de mi madre se han convertido en un sistema de referencia cronológica: puntúan mi vida con exactitud, la dividen y organizan en distintas etapas sin necesidad de recurrir al calendario gregoriano. Sé, por ejemplo, que Antígona, mi primer papel importante en el teatro, tuvo lugar hacia el final del reinado de «¿Por qué tuviste que cubrirme de oprobio y ridículo en el lago de Banyoles?». Este reproche, tal vez el más longevo entre los temporales, alcanzó una vigencia de casi dos lustros (con multitud de variantes en su formulación) hasta que su imperio se derrumbó ante la irresistible pujanza de recriminaciones más jóvenes y apetitosas, pues la inventiva de mi madre nunca dio señales de atravesar una fase de agotamiento o de crisis creativa. Y eso que, en materia de delitos, lo del lago de Banyoles tenía todo el aspecto de ser uno de esos campeones que echan raíces en el pódium para eterno desaliento de sus aguerridos competidores.

Por un capricho de la mente, que a veces se empecina en establecer las analogías más extrañas y disparatadas entre cosas aparentemente inconexas, el delito del lago de Banyoles siempre viene asociado en mi recuerdo al enigma del estrecho de Gibraltar. Mi madre guarda en una cajita, junto a otros objetos cuyo valor únicamente sentimental los preserva de las volubles fluctuaciones del mercado, un recorte de periódico que con el tiempo ha adquirido el color de la orina matutina. El artículo informa acerca de una expedición de nadadores que se proponía emprender a nado la travesía del estrecho de Gibraltar en agosto de 1957. Y ahí, en la foto que ilustra el artículo, la tercera de izquierda a derecha, aparece mi madre, que se habría unido a la expedición para recorrer a nado los catorce kilómetros que separan Tarifa de la desembocadura del Guadalmesí de no ser porque algo se lo impidió en el último momento. En vano indagué una y otra vez qué misterioso imponderable habría apartado a mi madre de tan emocionante aventura. ¿Una enfermedad? ¿Una lesión? ¿Un repentino ataque de pánico cuando ya el resto de la expedición se había zambullido y el motor de la lancha que debía asistirlos en la travesía ronroneaba y hacía vibrar las aguas de Tarifa? Cualquier otra persona habría aplacado mi curiosidad con alguna mentira o con una versión más o menos deformada de los hechos, pero para los espondalarios la mentira estaba a la altura de la fornicación desenfrenada o del asesinato múltiple, así que tuve que contentarme con una respuesta de una ultrajante opacidad. «Fue una cuestión de conciencia, hijita», soltó mi madre sin más explicaciones y con una sonrisita enigmática no exenta de cierta perversidad, como si de algún modo le complaciera darme en las narices con una respuesta impenetrable que no sólo no iluminaba las tinieblas, sino que me dejaba en peor situación que antes de preguntar, con mi ignorancia agravada por una profunda confusión mental. Y, encima, la esperanza de saber que me había impelido a preguntar se alejaba haciéndome crueles muecas burlonas. *Arrivederci*, ilusa. En momentos como ése me consumía de impaciencia por hacerme mayor y darme el atracón de certezas en que ingenuamente imaginaba que consistía la vida de un adulto. Ahora que soy una presunta adulta, sé que mi cerebro mantiene un parecido razonable con una hormigonera o con el tambor de una lavadora durante el centrifugado: no para de dar vueltas. Lástima que todo ese trajín produzca más mareo que certezas habitables.

No era la primera ni la última vez que creía sorprender en mi madre indicios de una malignidad situada en las antípodas del espíritu espondalario. Lo curioso es que esa malignidad sólo brotaba cuando me endosaba alguna respuesta particularmente críptica; sólo entonces se le iluminaba el semblante con un brillo de perversa satisfacción. No se trataba, desde luego, de una modalidad descomunal de perversidad, sino de una modalidad leve y un tanto infantil, aunque no por ello menos irritante. Me hacía pensar en una niña que disfrutara rodeándose de secretos y misterios y no vacilara en ejercer el enorme poder que confiere el hecho de saber algo que los demás ignoran. Una niña pavoneándose con un secreto en la mirada, ésa es la imagen.

No sé cuántas veces me he preguntado si mi madre se permitía deliberadamente esa forma de perversidad como una especie de higiénico desquite después de tanta bondad sin mácula, sacrificio, renuncia y altruismo, o si más bien esa malignidad (que los ojos de alguien ajeno a la intimidad familiar difícilmente habrían detectado) era algo que escapaba a su control, porque pertenecía a un yo extinguido que, sin embargo, de vez en cuando se las ingeniaba para seguir emitiendo pálidos destellos. O puede que ya no emitiera luz alguna y yo percibiera algo que había dejado de existir hace tiempo. Ya se sabe que la luz de las estrellas tarda millones de años en alcanzar nuestras retinas.

Sea como fuere, lo que pasó en el lago de Banyoles no tiene nada que ver con las estrellas apagadas ni con la hipotética malignidad de mi madre.

Pese a ser una excelente nadadora que había estado a punto de atravesar a nado el estrecho de Gibraltar, mi madre sentía una extraña fobia hacia las aguas estancadas. Hasta lo del lago de Banyoles, la habíamos visto nadar a braza, *crowl*, de espaldas o al estilo mariposa (modalidad ésta que, para gran humillación mía, siempre se me resistió), pero únicamente en el mar. Con las albercas y las piscinas, unas veces la excusa era que recorrerlas de arriba abajo, sin más alicientes que ir contando largos, la aburría mortalmente. Otras veces se defendía de nuestra insistencia con el argumento de que no le apetecía bañarse en un lugar donde seguro que más de uno se hacía pipí. Con los lagos, en cambio, ni siquiera intentó justificar su aversión. Se limitaba a despachar el asunto con un no me gusta

103

bañarme en los lagos y punto. Pero el punto rara vez era un punto y aparte.

—¿Crees que las profundidades de los lagos están habitadas por monstruos? —embestía yo, movida por una insensata esperanza de adquirir nuevos y portentosos conocimientos. Mal bicho, la esperanza: siempre hace con nosotros lo que le viene en gana. Le basta con ponernos una zanahoria delante de las narices y ahí vamos, adondequiera que ella nos mande, a galope tendido y sin resuello.

—En los lagos no hay monstruos, hijita.

—Entonces, ¿por qué no quieres bañarte?

—Porque el agua dulce sólo me gusta para hacer gárgaras.

Ésa era sólo una de las cien mil respuestas que mi madre inventaba sobre la marcha, asistida por una indesmayable imaginación, para condenarme durante los siguientes minutos a un enfurruñado ostracismo.

À moi. L'histoire d'une de mes folies.
En materia de locuras, el episodio del lago debe de ser la más inexplicable de cuantas he cometido a lo largo de treinta y seis años de descomunales desatinos y chifladuras de amplio espectro. Entiéndanme: no digo que fuera una locura de concepto pero, en cuanto a la forma, ¡ah, la forma! La forma fue una locura de arriba abajo, hasta yo soy capaz de admitirlo. De haberla planeado con tiempo y sosegado raciocinio, mi deserción de las filas de los espondalarios se habría producido de forma gradual y metódica, calculada según una estrategia de módicos plazos, sin sorpresas ni rupturas radicales. Podía haber ido dando señales de una fe desfalleciente a lo largo de los años: hoy una excusa para no asistir a una reunión, mañana un pretexto más o menos endeble para librarme de ir

a predicar y así sucesivamente hasta la despedida final. Diluida a lo largo del tiempo, mi deserción habría sido menos sangrienta. El problema es que no planeé nada. El jarro resquebrajado se hizo pedazos ese día, en ese preciso momento, y punto. Ya podía mi madre desgañitarse preguntándome por qué narices no hablé antes con ella, o por qué no me negué a subir en aquel autocar, que yo tenía la cuenta corriente de respuestas en números rojos. No es que me faltaran redaños para hacer las cosas bien. No soy especialmente pusilánime. No suelo dejarme apabullar por las dificultades. Al contrario: no sólo no me achico, sino que saco pecho. Los grandes retos son para mí lo que el agua del mar para mi madre. Puede que ésa sea la única explicación coherente del número del lago: soy pez de aguas tumultuosas, pez de grandes dificultades y catástrofes y nado mejor a contracorriente o entre remolinos. Por eso la política de grandes gestos intempestivos es mucho más afín a mi espíritu que una zorruna estrategia a largo plazo. En cualquier caso, me crean o no, media hora antes de hacer lo que hice no tenía la menor idea de lo que estaba a punto de hacer.

Los espondalarios del Supremo Hacedor no bautizan a los recién nacidos. El bautismo es un acto adulto y voluntario, una señal de entrega a la obra de Dios y de madurez en la fe que se lleva a cabo de forma colectiva en ríos, albercas, piscinas o lagos, en recuerdo de aquellos primeros cristianos que sellaban sus votos con un baño en el río Jordán. Yo no tenía la menor prisa por zambullirme en el Jordán ni en ninguna otra parte, pero cuando mi madre me preguntó si no veía llegado el momento de dar el gran paso, me asombré a mí misma contestando que sí. Supongo que andaba despistada, con la cabeza puesta en alguna otra cosa. Si mal no recuerdo, por aquella época preparaba la *Salomé* de Wilde con el grupo de teatro del colegio; era un montaje delirante y, pese a que intrigué todo lo que pude para hacerme con el papel de Salomé, me tocó encarnar a Yokanaán. Puede que pensara que ver de cerca a un bautista en funciones, aunque fuera en versión espondalaria, me ayudaría a penetrar en los recovecos del alma de Yokanaán. Aunque la verdad es que ni recuerdo demasiado los detalles ni logro comprender del todo mi conducta.

El caso es que me subí al autocar de inminentes bautizados y familiares de inminentes bautizados con gran tranquilidad de espíritu. Que me aspen si recuerdo los pensamientos que me asaltaron a lo largo del trayecto. Conociéndome como me conozco, me apostaría lo que fuera a que eran totalmente indignos del gran paso que me disponía a dar; lo más probable es que estuviera muy ocupada haciendo ejercicios de memorización de mi papel, lo que debió de prestarme un aire engañoso de espondalario recogimiento.

Lo que sí recuerdo con tanta precisión como si desde ese día hubiera llevado su retrato en el billetero es el aspecto del bautista. Tal vez para marcar distancias con respecto a la iconografía de la Gran Ramera, la congregación había elegido a un alfeñique aquejado de alopecia galopante y sin un triste pelo en el pecho. No sé qué expectativas debía de tener yo en cuanto a la indumentaria de un bautista, pero el Meyba azul marino con rayas blancas laterales y cordoncito para ajustar la cintura se me antojó retorcidamente impropio de tan solemne ocasión. Con todo, el patético Meyba del bautista, que dejaba al descubierto un par de ridículas patitas de ave zancuda, distaba mucho de ser el único elemento improcedente; el agua del lago estaba tan fría que, al zambullirse, los inminentes bautizados proferían chillidos más propios de un dominguero en la playa que de alguien que se dispone a consagrar su vida al Supremo Hacedor. No es mi intención ponerme pedante, pero la verdad es que, entre una cosa y otra, la puesta en escena era un desastre. Los espondalarios dirán lo que quieran de la Gran Ramera, pero, en materia de dirección escénica, no le llegan a la altura del betún.

Yo me metí en el agua helada sin exhalar un solo grito. Recuerdo que no podía dejar de mirar, con una especie de horrorizada fascinación, la estrecha diadema pilosa que delimitaba por la parte posterior el perímetro craneal del bautista. Cuando acabó de ungir a un compañero y se dirigió hacia mí con obvia intención de proceder sin más preámbulos a mi bautismo, una fuerza inesperada y superior a mi voluntad me impelió a sumergirme y bucear para huir de aquel tipo. Cuando emergí, oí un griterío a popa. Supuse que la comunidad en pleno me llamaba al orden, pero invertí toda mi energía en un furioso *crowl* en dirección opuesta al grupo de inminentes bautizados. Insisto en que nada de eso fue premeditado. No reflexioné, no llevé a cabo análisis alguno de la situación; por no pensar, ni siquiera pensé en las funestas consecuencias que podían derivarse de mi acto. Sólo mientras me alejaba de ellos, imaginando sus expresiones de consternación con cierto regodeo, supe que mi huida no significaba un aplazamiento del bautismo, sino el abrupto final de mi vida como espondalaria. Llegar a esa conclusión me hizo sentir tan ligera que empecé a dar vueltas sobre mí misma mientras seguía nadando, una brazada de espaldas y otra boca abajo, tal y como me había enseñado mi madre, quien a su vez debía de haberse inspirado en las florituras acuáticas de Esther Williams. Envuelta en una nube de espuma, mis piruetas se me antojaron una especie de vals liberador. Sentía una viva curiosidad por la zaragata que mi huida sin duda había provocado, pero opuse una tenaz resistencia a la tentación y seguí nadando sin mirar atrás, decidida a ganar la orilla opuesta.

En mi borrachera de libertad y de euforia, no había contado con la enorme capacidad de reacción de mi madre.

Primero fue el suave ronroneo de un motor, que se acercaba entre un coro de aguas gorgoteantes. Inmediatamente después vi el barco; en un tercer tiempo distinguí la enhiesta y familiar figura que ocupaba con severa majestad la proa de la embarcación, ominosa como el mascarón de un bergantín pirata, aunque mucho menos hierática. Ni en sueños se me habría ocurrido que mi madre fletara un barco para lanzarse en mi persecución. Sin abandonar su puesto en la proa, empezó a gritar y gesticular con el ampuloso dramatismo de una *prima donna* que atacara las primeras notas de su aria de lucimiento. Primero pensé que me hablaba a mí, pero enseguida me di cuenta de que dirigía las maniobras de acostamiento con autoridad de avezado navegante. Durante unos instantes contemplé la posibilidad de seguir nadando para ganar la otra orilla, pero era obvio que el barco me daría alcance tarde o temprano. Cualquier intento de huida no serviría sino para prorrogar unos minutos el enfrentamiento. Y, además, por nada del mundo me habría perdido el espectáculo. Siempre he sido sensible a una buena representación, y ésa lo era, créanme. Lo que ahora veía no tenía nada que ver con la deprimente puesta en escena del bautismo. Mi madre da pruebas de su concepto operístico de la vida hasta cuando va a la pescadería a comprar boquerones, conque figúrense de qué no será capaz cuando se trata de rescatar a una hija a punto de descarrilar de la recta vía de la fe espondalaria. Por lo pronto, vista desde mi perspectiva, en impresionante contrapicado y con la cabeza ligeramente alzada hacia el cielo, como si le estuviera rogando al Altísimo que le concediera fuerzas para meterme en vereda, parecía tres o cuatro tallas mayor de lo normal. Recordaba a uno de aquellos actores de la Grecia antigua, encaramados en lo alto de sus coturnos para alcanzar un efecto de trágica grandeza. Pese a cierta tendencia a la sobreactuación, me vi obligada a reconocer que mi madre era un diamante en bruto; un buen director la habría convertido en una de esas divas de la escena a las que el público acude masivamente a ver sea quien sea el autor de la obra que interpreta.

Con un singular dominio de las leyes del suspense, durante unos instantes hizo como que no me veía. Luego desenroscó una cuerda y me echó un cabo que fustigó la tranquila superficie del lago como un latigazo.

—Un día me matarás de un disgusto —tronó desde su elevada posición con una energía que dejaba traslucir una salud de hierro, a prueba de disgustos.

Comoquiera que no hice el menor ademán de acercarme al cabo, mi madre lo recogió y lo blandió en el aire antes de descargar con asombrosa saña otro formidable latigazo.

—¡Lejos! ¡Lejos! Ya sabía yo que tenía que mantenerme lejos de los lagos. No se puede esperar nada bueno de un lago. Con todos esos pueblos sumergidos ahí abajo, llenos de todas las malas ideas que tuvo la gente que los habitó. Así es como se vengan de su triste suerte los pueblos sumergidos: inoculan ideas locas y perniciosas en la mente de los bañistas. Por eso hay tanta gente que se ahoga en los lagos. Como los vivos se marcharon, esos pueblos se vengan llenando sus calles con un censo flotante de cadáveres. Venga: haz el favor de coger ese cabo y subir al barco de una vez. Te están esperando para bautizarte.

—No pienso bautizarme, mamá, ni ahora ni nunca. Y, además, me parece que confundes los lagos con los pantanos. En los lagos naturales no hay pueblos sumergidos. Te garantizo que todas mis ideas, hasta las más locas y perniciosas, son absolutamente mías —me defendí con orgullo de propietaria. Supongo que era demasiado joven para saber que, en materia de ideas, la mayoría no pasamos de ser realquilados temporales de ideas patentadas y puestas en circulación por otros hace montones de años.

Mi madre descargó otro furioso latigazo, y luego otro y otro y otro, como si realmente creyera que el lago era el causante de sus desventuras.

—No sabes lo que dices. Te digo que cojas el cabo. Vas totalmente desencaminada si piensas que voy a pasarme toda la mañana discutiendo con una niña que tiene la mente ofuscada.

—No soy una niña; tengo ya quince años.

No bien hube acabado de enunciar esa idea, me sobrecogí al recordar que sólo cuatro años antes había pronunciado su negativo espectral (Yo no soy una mujer; soy una niña. Sólo tengo once años...) en cierto concurso de oraciones. Pero no tuve tiempo de extraer filosóficas conclusiones de esa curiosa simetría, porque ya mi madre, tras despojarse de sus zapatos y tomar impulso, saltaba desde la proa del barco y se zambullía en las heladas aguas del lago. Y a fe mía que nunca he visto un salto tan magistral; puede que no fuera impecable desde un punto de vista técnico, pero estaba dotado de una expresiva y épica tensión. Y eso que llevaba un traje de chaqueta que no debía de facilitar sus movimientos y que, encima, le había costado una pasta.

Cuando, tras diez minutos de conversación en el lago, mi madre me arrastró hasta la cubierta, las dos en estado de semicongelación, el único tripulante del barco, un anciano con la cara tan arrugada como la de una tortuga, se quitó su gorra de marinero, miró a mi madre como habría mirado a la propietaria del universo y, meneando la cabeza en un gesto de inconmensurable estupor, me dijo: «*Tens una mare amb empenta*».

No se puede negar que era una modalidad admirablemente sintética de sinopsis argumental.

Mientras poníamos rumbo al embarcadero, mi madre y yo permanecimos en un silencio sepulcral. Yo estaba firmemente anclada en mi resolución de apartarme de la fe espondalaria, pese a que la expresión de intenso dolor que reflejaba el rostro de mi madre me helaba el alma, de la misma forma en que mi prolongada inmersión en el lago me había helado el cuerpo. El momento habría ganado en borrascosa solemnidad de no ser porque el anciano tripulante no dejó de murmurar, más para sí mismo que para nosotras, durante todo el trayecto. «*Quin tros de dona! Això sí que és una dona i no la que tinc jo a casa! El Déu que l'ha fet no deu ser pas el mateix que va fer la meva. Quin tros de dona!*»

La mujer cuyo empuje había impresionado al anciano marinero de agua dulce no tuvo más remedio que capitular con lo de mi bautizo. Tampoco consiguió que volviera a adherirme a la hermandad espondalaria, pero logró amargarme la vida, y yo a ella, durante cuatros años de conflicto bélico permanente, hasta que encontré un trabajo que me permitía pagar un alquiler compartido en una leonera de estudiantes sólo ligeramente menos horrible que el hogar familiar. Las instructivas experiencias que me proporcionó la leonera completaron de forma admirable mi ciclo formativo. Mi vida en las trincheras, así es como me refiero a ese estimulante período de mi existencia.

7
El accidente

Parecía muerta y pequeña y muy rota y muy pálida. Cerré los ojos instintivamente como si de verdad confiase en que al volver a abrirlos todo se habría desvanecido, como se desvanece una pesadilla por la mañana, ahuyentada por la trivial sintonía de la radio-despertador. Pero abrí los ojos y ahí seguía, con el mismo aspecto muerto de tres segundos antes. Entonces un gesto de dolor casi imperceptible le brotó de los labios: ya no parecía muerta; era sólo una niña abandonada a la puerta de un hospicio en medio de un día inclemente y yo era la directora del hospicio.

Mi padre corría sólo a unos pasos detrás de mí. También parecía muy pequeño y muy frágil y muy roto y muy viejo. De pronto, me vi a mí misma como a Nico con Poluno y Poldós. Pero, en lugar de los gemelos, eran mi padre y mi madre quienes estaban en mis brazos. Y cada vez se encogían más y más y el corazón me escocía al verlos tan pequeños y al mismo tiempo tan viejos.

Yo había interpretado a la Antígona de Anouilh, a Madame de Merteuil en *Quartet*, a Mistress Smith en *La cantante calva*, a Polly Peachum, a Ifigenia, uno de mis mayores éxitos. A veces había sido endiabladamente complicado meterme en la piel de aquellas mujeres. Pero nunca, nunca, me había pedido nadie algo tan difícil y doloroso como hacer de madre de mis padres.

Sin necesidad de mirarlo, supe que mi padre evitaba

mirar la camilla. Lo oí murmurar a mis espaldas y al principio pensé que rezaba. Me dije que era la primera vez que lo oía rezar. Atrapado entre espondalarios, el catolicismo de mi padre, que de todos modos nunca había sorprendido por su vigor, se redujo a una cuestión simbólica. Sin embargo, no tardé en descubrir que lo que hacía mi padre no era rezar, sino llevar un riguroso registro contable de todas las losas que pisaba. A mi madre la había atropellado un autobús y estaba grave, pronóstico reservado. Sin embargo, no me pareció tan raro que mi padre contara losas. La gente suele hacer cosas así cuando las circunstancias ejercen una presión insoportable. Yo misma había contado todos los semáforos rojos en los que el taxi que me llevaba al hospital se detuvo. Nueve semáforos —ni uno más ni uno menos—; nueve duras pruebas para mi sistema nervioso. Suponiendo que en cada semáforo hubiéramos esperado un promedio de un minuto, el saldo total ascendía a nueve minutos. Nueve interminables y jodidos minutos tratando de resistir la tentación de estrangular al taxista para relevarlo al volante y saltarme todos los semáforos rojos de la ciudad. Recordé que el nueve es un número clave en el Apocalipsis.

Mientras corríamos por los pasillos del hospital escoltando a mi madre hasta el quirófano, vislumbré vagamente una bolsa de plástico llena de sangre que colgaba de un lado de la camilla. La velocidad a la que circulaba la camilla le imprimía a la bolsa un movimiento pendular, y eso fue, creo, lo que me llamó la atención. Incorporé la visión en mi sistema perceptivo sin alarmarme lo más mínimo, como si lo que colgaba de la camilla hubiera sido una lata de Coca-Cola o un par de peces de colores moviendo las colitas en su pecera de plástico. Vista retrospectivamente, mi actitud me parece típica de mi familia: nuestra capacidad para dar la espalda a las cosas aun teniéndolas delante de las mismísimas narices es casi infinita. Era obvio que mi madre perdía sangre. Era obvio que iba a necesitar sangre. Era obvio que íbamos a tener problemas. No obstante, conseguí atravesar todo ese bosque de obviedades sin reparar en ellas. No tengo excusas: no había tomado drogas que me reblandecieran los sesos ni estaba dormida ni acababa de recibir un ladrillazo que me incapacitara para el uso normal de mi cerebro. Sencillamente soy así. Fui educada para parecerme a los míos. Los míos, extraña y perturbadora expresión. Y aunque he luchado como una leona para no parecerme a ellos, muy a mi pesar mantengo un notable parecido en algún que otro detalle fundamental: por lo pronto me las ingenio para arañarle a la realidad real ridículas prórrogas de feliz ignorancia, *spécialité-maison à prix populaires*. Supongo que el hecho de ser actriz no ha hecho sino contribuir humildemente a acentuar la tendencia.

Pero destacar en el arte de negar la evidencia no significa que uno pueda ahorrarse el batacazo. Y en el hospital el batacazo era tan inminente como inevitable. Antes de entrar en el quirófano, mi madre abrió los ojos, me vio e hizo un esfuerzo por sonreír. Nunca había visto una sonrisa tan desvencijada y rota. El médico estaba al pie de la camilla y mi madre lo interpeló con voz débil y ahogada pero perfectamente audible. Sólo al oír anunciarle al médico que era espondalaria del Supremo Hacedor y no admitía transfusiones de sangre caí en la cuenta de lo que se me venía encima. Mientras yo hojeaba en silencio el tratado de imprecaciones y vituperios en ocho tomos que acababa de tomar por asalto mis mientes, sin saber si, como los clásicos, aspiraba a dominar mis pasiones o si, por el contrario, prefería darles rienda suelta como los románticos, el médico, con serenidad clásica, le dijo a mi madre que nadie había hablado de transfusiones. Que podía estar tranquila. Que nadie iba a obligarla a hacer algo que ella no quisiera hacer. Que a un lado de la camilla colgaba un aparato que recogía su propia sangre y que, en principio, con eso bastaría. Inmediatamente después, el quirófano se tragó a mi madre, al médico y a los enfermeros. Mi padre y yo nos quedamos solos. Y mi padre me miró como si esperase que yo le dijera lo que tenía que hacer. Hacerse mayor debe de ser eso: quienes siempre te habían agobiado diciéndote en cada momento lo que tenías que hacer dejan de estar en situación de agobiarte con órdenes y consejos y empiezan a agobiarte poniendo el mando en tus manos.

Supe que lo peor estaba todavía por llegar. Mientras corríamos por los pasillos arrastrados por la vorágine de los acontecimientos, hacíamos algo. Algo que no tenía grandes consecuencias ni modificaba el mundo de forma apreciable, salvo por el hecho de que lo decoraba con un poco más de vana agitación. Pero ahora no teníamos otra cosa que hacer que esperar; ya no nos quedaba ni un simulacro de actividad en el que resguardarnos. Sobre todo a mi padre, que parecía haber encogido una talla desde que la puerta del quirófano se había cerrado, dejándonos arrumbados en mitad de un pasillo. Yo soy más Cano que Ulibi. Pero mi padre es un Ulibi, lo que significa que está bastante más desamparado ante la realidad porque carece de la destreza de los Cano para atrincherarse tras una cortina de espejismos. Las palabras tampoco significan gran cosa para él. Así como entre los Cano impera la firme creencia de que los pensamientos de uno son extraordinariamente interesantes para el prójimo, razón por la que hay que darles la amplia e inmediata difusión que merecen, los Ulibi prefieren guardarse sus pensamientos para sí. Son taciturnos y reservados y sólo la acción les sirve para mantener a raya la realidad. Hacer, actuar, ése es su narcótico.

Para darme tiempo a pensar, arrastré a mi padre a la cafetería. Lo hice sentarse, le pedí un cortado descafeinado, dejé un recado a S.O.S. para avisarla de que aquella tarde no podría ir al ensayo, y le dije a mi padre que llamara a toda la familia por el móvil. No me apetecía tenerlos en el hospital. La sola idea me hacía estremecer de horror. Pero pensé que llamar para difundir la mala nueva haría por lo menos que mi padre se sintiera útil. Una llamada telefónica no es exactamente una acción, pero mantiene un parecido razonable. Sabía que para hacer frente a un problema me estaba creando futuros problemas, pero eso no me hizo retroceder.

Mientras él avisaba al grueso de los Cano, me lancé a recorrer el hospital como una fiera enjaulada. Pasé por delante del quirófano donde estaba mi madre, pero la puerta seguía cerrada. Necesitaba fumar un cigarrillo y busqué una salida hacia la calle. En un cruce de pasillos, vi a un tipo que me resultaba familiar. Vestía bata blanca y bajaba una escalera cuando, de pronto, tropezó y salió disparado hacia mí. Era pesado y me tambaleé a causa del impacto, pero aguanté como una cariátide. Reconocí entonces a Markus Barta. La bata blanca lo identificaba como médico; no cabía duda de que trabajaba allí. Recordé mis fantasías en torno a él y deseé con todas mis fuerzas que fuera oncólogo o pediatra o ginecólogo, cualquier cosa menos forense.

—Supongo que agarrarse al primero que pasa es sólo una de las cien mil maneras que la humanidad ha inventado para mantenerse en pie —le solté a guisa de saludo.

Se rió con una risa breve, apenas un cloqueo rápidamente ahogado en el que no pude detectar posibles coincidencias con la lúgubre carcajada que había imaginado días atrás. Me preguntó entonces cortésmente qué hacía en el hospital. Yo pergeñé una síntesis en apenas dos o tres frases. En principio, la síntesis no es una forma demasiado acorde con mi naturaleza. Cuando quiero salirme por la tangente, suelo preferir la mentira; me estimula la musculatura cerebral y, si soy hábil, mi interlocutor siempre se queda contento. No en balde soy actriz y estoy convencida de que a veces vale más una patraña bien urdida que un centenar de verdades, en parte porque uno suele poner más de sí mismo, más brío creador, más chispa y más gracia para componer una patraña verosímil que para enunciar una verdad. Habida cuenta, además, de que la lucidez no se vende a peso y de que llegamos a conocer a las personas más a través de sus mentiras que de sus verdades, nunca he entendido por qué la mentira es un concepto tan discriminado.

Pero por una vez no estaba de humor para mentiras ni, mucho menos, para espondalarias verdades. Mi síntesis sonó excesivamente enteca, cejijunta y ruda, pero Markus Barta no me lo tuvo en cuenta. Con irreprochable amabilidad, se puso a mi disposición para cualquier cosa que necesitara. Antes de indicarme la salida a la calle, volvió a insistir en que no dudara en acudir a él. Vacilé un instante, sólo un instante, y haciendo acopio de valor le pregunté en qué departamento trabajaba.

—Me encontrará en Tanatología —dijo con la esforzada seriedad que lo caracterizaba—; soy médico forense.

Toda mi piel se cubrió de una fina película de sudor frío. Hace tiempo que me pasan cosas raras. Soy capaz de no ver lo que tengo delante de las narices; puedo pasar por alto con extraordinaria facilidad la realidad real aunque ésta se desgañite y gesticule como un ardoroso meridional para enviarme señales. Sin embargo, veo cosas. Miro a alguien, me invento su vida y luego descubro que mi fabulación coincide con la realidad real. O le digo a un tipo con quien acabo de acostarme por primera vez que nos liemos durante tres meses exactos y, pasados esos tres meses, el tipo se muere en un accidente de tráfico. Si fuera otra persona, pensaría que tengo poderes sobrenaturales. En señal de respeto a mi feroz ateísmo, prefiero pensar que se trata de ocasionales deslices de la lógica espacio-tiempo. Imagino que la lógica espacio-tiempo es una alfombra. Pues bien, a veces sucede que la alfombra se arruga por algún motivo que ignoro; la arruga es una fractura de la que brotan episódicos remolinos que, tras arrastrarme hacia adelante, me vuelven a depositar en el punto de partida. Por fortuna, este tipo de deslices no se produce muy a menudo. Pero, cuando ocurre, no puedo evitar sobrecogerme.

Mientras fumaba un cigarrillo, traté infructuosamente de olvidar lo sucedido y volví a la cafetería. Ver a mi padre fue como un directo en el plexo. No hablaba ya por teléfono. Tampoco lloraba; ni siquiera tenía los ojos humedecidos. No parecía desesperado. Pero, abandonado en medio de aquella sala impersonal e inmensa, daba la impresión de ser un huérfano viejo. Mientras atravesaba la cafetería al borde del derrumbe, luché por aparentar aplomo y dominio de la situación. Durante la siguiente media hora ocupé mi tiempo escuchando una minuciosa retransmisión de todas las llamadas que había hecho mi padre. La mujer que cuidaba de mi abuela había accedido a quedarse con ella toda la noche pero a la mañana siguiente había que ir a relevarla porque tenía visita a las diez con el dentista para sacarse dos muelas. Mi hermana había dicho que cogería el TGV hasta París y allí intentaría tomar el vuelo de las 16.30, el primero que salía para Barcelona. Si no llegaba a tiempo para el de las 16.30, trataría de coger el de las 17.30 o el de las 18.15. En cualquier caso, calculaba que tenía bastantes posibilidades de estar en el hospital antes de las ocho de la noche. Vendría con su marido, porque casualmente Jean Michel tenía un par de días de vacaciones. Mi padre saboreaba con un extraño y obstinado deleite cada uno de los triviales pormenores de su relato. Me alegré de que hubiera encontrado algo en lo que resguardarse; eso me evitaba tener que parlotear sin sentido para amueblar el silencio.

Mi tía Virginia, la hermana menor de mi madre, apareció una hora después. Lo primero que hizo fue sacarnos de la cafetería con modales de jefe del Estado Mayor que acaba de pillar a dos oficiales en flagrante delito de dejación de su deber. Supongo que esperar en una cafetería se le antojaba una imperdonable y nada espondalaria frivolidad. Así que en lo sucesivo nos dedicamos a montar la guardia en mitad de un pasillo. De pie, por supuesto, en posición de firmes. Cuando pienso en mi abuelo, no recuerdo en su actitud ningún elemento marcial susceptible de vincularlo a su pasado como capitán de la Armada: era un hombre de trato suave y de humor pícaro. Mi tía, en cambio, parece obstinada en suplir la marcialidad que debió de echar en falta en su padre con un despliegue permanente de autoridad castrense. No está casada, pero más que una beata espondalaria parece un extraño cruce entre una apisonadora con los frenos rotos y una monja. Cuando sonríe, cosa que sucede no más de un par de veces por década, da la impresión de que va a arrancarse a cantar de un momento a otro una canción cuyo estribillo rezaría algo del tipo: «Cómo me duelen las hemorroides cuando sonrío». Falta de práctica, supongo. Una de las especies que con mayor éxito de público circulan entre mi familia se refiere a mi tía. Cuando se va, tras habernos sometido a una intensa sesión de vapuleo marcial con agravante de avasallamiento en tercer grado, todo el mundo habla con ardor y genuina convicción del gran corazón que se esconde tras la aparente rudeza de mi tía Virginia. Durante unos instantes, contemplé seriamente la insensata posibilidad de irme al departamento de medicina forense para ponerme a salvo del gran corazón de mi tía Virginia.

No hubo noticias de mi madre hasta una hora después. La vimos salir en la camilla, dormida, tranquila. El médico vino hacia mí y empezó a hablarme sin saber que había sido apeada del mando. La tía Virginia se lo hizo saber por el primitivo sistema de darme un empujón y sustituirme frente a él.

—Por el momento —dijo el doctor—, reacciona bien y está fuera de peligro. Pero está muy débil; habrá que ver cómo evoluciona en las próximas horas. He dado ya la orden de que le pongan sangre en cuanto llegue a la habitación.

—¿Sangre? —tronó mi tía Virginia—. ¿No le han dicho que somos espondalarios?

—Sí, lo sé. Me refiero a su propia sangre, por supuesto. La hemos recogido por medio de una sonda que la deposita en un recipiente estanco. Con ese sistema, tenemos un margen de seis horas para utilizar la sangre antes de que sea inservible. Victoria ha perdido casi un litro y puede seguir perdiendo en las próximas horas. Pero será suficiente, espero, con su propia sangre.

—Puede que no sepa usted que los espondalarios rechazamos también las autotransfusiones.

—No, no lo sabía; nadie me lo ha dicho. —El doctor había perdido parte de su admirable serenidad.

—Mi padre y yo no somos espondalarios —puntualicé.

—Son ustedes el marido y la hija de la enferma ¿no es así?

—Sí.

—¿Y usted? —le preguntó a mi tía Virginia el doctor.

—Soy miembro del comité de enlace de la organización con los hospitales y ejerzo de asesora en casos como éste. Sé que hay un aparato, llamado Self Saver, que se emplea en operaciones delicadas: recoge la sangre, la limpia y, sin almacenarla, vuelve a integrarla en el cuerpo en un proceso que dura apenas tres minutos. No es una transfusión, sino un proceso de circulación sanguínea asistida. Supongo que usted habrá oído hablar de este aparato.

—Lamentablemente, en este hospital no disponemos de ese sistema. Ya que está usted tan bien informada, sabrá que se trata de un aparato muy caro y muy poco implantado todavía. Y de todos modos ya es un poco tarde para pensar en eso, ¿no le parece?

—Entonces me veo obligada a señalarle que mi hermana no aceptará la sangre. No si la sangre ha sido almacenada.

—¿Hay una gran diferencia entre el hecho de que la sangre permanezca fuera del cuerpo tres minutos o tres horas?

Me dije que el doctor perdía el tiempo si pensaba que iba a ganarle la partida a un espondalario con la sola ayuda de la lógica.

—En un caso hay almacenamiento y en el otro no. Nosotros no podemos aceptar sangre almacenada.

—¿Ha dicho que es la hermana de la paciente?

—Sí, soy su hermana.

—Entonces debo advertirles que si hay que tomar una decisión de carácter urgente mientras la paciente sigue bajo los efectos de la anestesia y, por lo tanto, no puede elegir por sí misma, la decisión corresponde según la ley al marido en primer lugar y en segundo a la hija.

Miré a mi padre y vi que examinaba el alicatado que cubría las paredes, como si buscara un mensaje cifrado que el autor del diseño hubiera deslizado entre los arabescos. Estaba tan descompuesto, tan obviamente incapacitado para hacer frente a un trance como ése, que mirarlo resultaba doloroso. La exhibición de la debilidad siempre conlleva algo obsceno, opresivo, abyecto. Yo también me sentí repentinamente embotada. Era raro; suelo mostrarme aguerrida en medio de la catástrofe. Supongo que el doctor se dio cuenta de que por el momento no podía contar ni con mi padre ni conmigo porque añadió de inmediato:

—Aunque probablemente podremos esperar a que la enferma se despierte y tome por sí misma la decisión.

Mientras nos encaminábamos hacia la habitación, vislumbré un brillo de fanática fiebre en la mirada de mi tía. Comprendí cuán peligrosa podía ser Virginia Cano. Por una vez, el mundo (me refiero al mundo de las mayorías clamorosas) estaba de mi parte. Eso era precisamente lo que me debilitaba a mí y hacía doblemente peligrosa a mi tía Virginia. De sobra sabía yo lo que significa formar parte de una minoría y sentirse atacado. Lo sabía porque en toda mi vida no había hecho sino pertenecer a una u otra minoría. Pero ahora no. Ahora estaba en harmonía con el mundo; por eso tenía todas las de perder. Me faltaba la irreductible fuerza del débil, el enorme poder de quien sabe que debe economizar energías y concentrarlas para revolverse como un león en un desigual combate a muerte. Comprendí oscuramente que era más débil que Virginia; lo único que podía darme la victoria era calcular lo que haría ella, anticiparme a sus pasos con astucia y sigilo de serpiente. Pensé que podía hacerlo, puesto que yo también había sido espondalaria.

No saben cuánto lamento tener que admitir mi error. Era ella quien había pergeñado una estrategia infalible para torpedearme por debajo de la línea de flotación. En cuanto el médico desapareció, mi tía le preguntó sin rodeos a mi padre qué es lo que pensaba hacer en caso de que se impusiera tomar una decisión. Mi padre farfulló, tartamudeó y se encalló en un silencio que parecía definitivo. Mi tía aprovechó la pausa para quitarle el polvo a la vieja táctica del chantaje recordándonos en primer lugar lo importante que era para mi madre la fe espondalaria. Lo segundo que dijo iba íntegramente dirigido a mí.

—En una ocasión te oí decir, no sé si en la radio o la televisión, que la vida no te parecía un bien absoluto. Creo que era un debate sobre la eutanasia. Y tú estabas a favor porque la vida no te parecía sostenible en determinadas circunstancias. Sólo te pido que traslades esa convicción al caso que nos ocupa.

—Esto no tiene nada que ver con la eutanasia. Después de una transfusión, mi madre estaría en plena posesión de sus facultades físicas y mentales. Aquí no se trata de eutanasia, sino de suicidio. Hay que joderse; en el mundo debe de haber centenares, millares de religiones. Y hemos ido a topar con la única que promueve activamente el suicidio.

Mi tía hizo un gesto de dolor, no sé si a causa de mi alusión al suicidio o porque yo sazonaba mis intervenciones con el tipo de palabras que ella considera soeces. Sea como fuere, el sufrimiento espiritual no le impidió proseguir en su línea de argumentación.

—No es un suicidio. La vida después de una transfusión le resultaría a tu madre tan inaceptable desde un punto de vista moral como te resulta a ti el hecho de prolongar artificialmente la vida de alguien que no puede valerse por sus propios medios y desea morir.

—Ni siquiera es una transfusión. ¡Se trata de su propia sangre! Y la sangre no ha salido de ese condenado recipiente. ¡Nadie la ha manipulado!

—Para nosotros es igualmente inaceptable. Y tenemos derecho a elegir, aunque la elección sea la muerte, porque esa muerte nos da opción a la vida eterna. No creas que no te entiendo; pero si defiendes la libertad en tantos casos, ¿por qué se la niegas a tu madre?

—O cierras la bocaza ahora mismo o te doy de hostias hasta que la que necesite una transfusión seas tú.

Una de las cosas que más detesto en este mundo es que me obliguen a comportarme como una asquerosa fascista. La obscenidad es exactamente eso: oír a alguien de la calaña de mi tía invocar la libertad, ¡oh, náusea!

Mi madre abrió los ojos poco antes de las siete de la tarde, pero volvió a dormirse casi inmediatamente. Su evolución parecía favorable, aunque la diligencia con que médicos y enfermeras se afanaban continuamente en torno a ella daba a entender que el peligro aún no estaba conjurado.

Ni esa tarde ni esa noche me aparté más de cien pasos del hospital. Con la llegada de mi hermana y de Jean Michel, el sector espondalario estaba en mayoría absoluta y eso bastó para sacarme de mi embotamiento. Los cónclaves familiares tienen la virtud de retorcerme los nervios hasta extremos indecibles. Mi padre parecía tan abatido y exhausto que Coral y Jean Michel se lo llevaron a casa alrededor de las nueve. Ardía en deseos de quedarme a solas con mi madre pero, para mi gran desesperación, la tía Virginia insistió en pasar la noche allí. Objeté que sólo había una cama, a lo que mi tía replicó que no le importaba dormir en un sillón. Invoqué con velocísimos reflejos una normativa interna del hospital, que prohibía pasar la noche allí a más de un acompañante por paciente. Apelar a la legalidad no forma parte de mis costumbres pero, salvo en los casos en los que la ley entra en conflicto con alguna de sus creencias, es uno de los pocos argumentos susceptibles de doblegar a los espondalarios. No pueden votar, pero están obligados a tolerar a los gobiernos, cualquiera que sea el procedimiento que los ha llevado al poder, y a observar las leyes que rigen un país o una comunidad, en este caso el hospital. Sin embargo, mi tía Virginia abandonó la habitación por espacio de unos minutos y volvió con el deprimente anuncio de que había sido excepcionalmente autorizada a quedarse. No hacía falta comprobarlo: la espondalaria aversión a la mentira garantiza la veracidad de todas las afirmaciones de la hermandad.

—En cuanto te quedes dormida —rugí en voz baja—, te haré un tajo en la yugular. Te aseguro que después necesitarás urgentemente una transfusión. Y lamentarás no haberte ido a dormir a tu casa o debajo de un puente.

Ni siquiera se dignó contestar. Se sentó en el sillón, sacó la Biblia del bolso con exasperante dominio de sí y empezó a leer en voz alta el libro de Job, como quien se atrinchera tras una ristra de ajos:

«Vuestros estudiados razonamientos sólo tiran a zaherir, y no hacéis más que hablar al aire... ¿No es milicia la vida del hombre sobre la tierra...?».

Leía bien, la condenada. En medio de mi irritación, me dio por pensar que era una suerte que ni mi madre ni mi tía se hubieran dedicado al teatro; de lo contrario, es probable que mi talento hubiera quedado eclipsado, arrollado, pulverizado por el suyo.

Fue una noche horripilante, créanme. Ninguna de las dos pegó ojo; a decir verdad, ni siquiera lo intentamos. Lo único que hicimos fue velar por mi madre y vigilarnos la una a la otra. Parecíamos dos sargentos que pese a su mutua inquina hubieran sido obligados a montar la guardia juntos por un perverso azar o por un rapto de iniquidad de su capitán. Cuál no será la marcialidad de mi tía que, cuando está presente o pienso en ella, hasta mis metáforas enfundan el uniforme militar.

Virginia solazó su alma en la lectura de la Biblia durante buena parte de la noche. Sospecho que debía de andar detrás de un par o tres de citas contundentes con las que contrarrestar mis posibles embestidas. O tal vez devoraba los relatos de las triunfales campañas militares de los reyes hebreos. Por desgracia, yo no tenía nada con que fortalecer mi musculatura espiritual. Recurrí a diversos trucos pero lamento decir que ninguno de ellos funcionó. Incluso imaginar a mi tía empalada por una lanza de bronce me procuró tan sólo un placer mediocre. Sólo una vez en toda la noche salí a tomar el aire a la playa que se extiende frente al hospital, aunque lo único que conseguí fue hundirme un peldaño más en mi desolación. Debían de ser poco más de las once cuando la luna despuntó tras la línea del horizonte, redonda y roja como la sangre recién derramada. Mientras contemplaba la lenta ascensión de la luna, que pintaba el mar con un fulgor diabólico, un viento desapacible se levantó en heladas ráfagas que me azotaban la cara y me llenaban los ojos de arena. Era una noche que habría hecho las delicias del gremio de los vampiros y los licántropos, y a punto estuve de ponerme a aullarle a la luna, pero la proximidad del hospital inoculó en mi ánimo una inusitada prudencia; supuse que no sería muy difícil encontrar camisas de fuerza de mi talla.

Lo primero que hizo mi madre al despertarse a la mañana siguiente fue preguntarnos si se veía el mar por la ventana. Habló con un trémulo hilillo de voz que provocó en mí una desgarradora nostalgia de sus viejas y buenas broncas de antaño, cuando su voz tronaba y bramaba y vertía un portentoso caudal de acusaciones por minuto. Envíenme una secuencia ininterrumpida de broncas feroces, chantajes sentimentales y amargos reproches, pero no me hagan pasar por esto, pensé. Me sentía tan exhausta, y el ambiente del hospital me resultaba tan opresivo, que cuando llegaron mi padre y mi hermana y mi madre pidió que alguien fuera a casa a traerle los álbumes de fotos, no vacilé en ofrecerme como voluntaria.

Entre todas las opciones que tenía para llegar a casa de

mis padres elegí la más lenta, probablemente imbuida de la ridícula esperanza de ralentizar el curso de las cosas. Una mujer gordísima ocupaba las tres cuartas partes del banco de la parada del autobús. Tenía por lo menos tres papadas y devoraba dulces que sacaba de una bolsa de papel. Irradiaba tanta luz y comía con tal fruición que no pude evitar sentir una punzada de envidia. La capacidad de disfrutar de la vida es probablemente la única cosa en este mundo que me parece digna de un respeto religioso. Pero, de pronto, tras exhalar un suspiro desgarrador, la desconocida devolvió a la bolsa de papel el dulce que ya había hecho ademán de llevarse a la boca y, armada de una fiera determinación, se guardó las golosinas en el bolsillo, aparentemente dispuesta a no volver a probarlas hasta el juicio final. Sus buenos propósitos, empero, no tardaron ni tres minutos en irse al garete. La buena mujer volvió a echar mano de la bolsa de papel y dio cuenta del resto de las golosinas a toda velocidad y con la actitud de quien despacha un trámite ineludible pero muy poco placentero.

    Haber asistido al breve ciclo vital de un noble empeño me pareció una experiencia perturbadora, no sólo porque tenía algo de violación de la intimidad moral de una desconocida, sino porque el efímero pugilato interior con descalabro final de aquella mujer y su brusco tránsito del placer al dolor arrojaron un saldo descorazonador sobre mi propia existencia. Y, por extensión, sobre la existencia toda y la humanidad entera, simbolizada por aquella fantástica gorda que se había ganado mi piedad y mi eterna simpatía en apenas siete minutos. Si no fuera porque pongo un gran empeño en no caer presa del sentimentalismo y la cursilería, me habría precipitado sobre la gorda para abrazarla y desahogarme de mis tribulaciones llorando a moco tendido sobre su triple papada.

    Me hice el firme propósito de no volver a mirarla en

tanto no hubiera vencido la tentación de abandonarme a improcedentes expansiones afectivas. Para entonces, las dos nos habíamos subido al autobús y ella hacía toda clase de malabarismos y contorsiones para mantener el equilibrio. Un pasajero que la vio debatirse a manotazo limpio contra los rigores de la ley de la gravedad le cedió caballerosamente su asiento. Sólo después de sentarse me miró la gorda por primera vez y un chispazo de reconocimiento alteró sus facciones. Pensé que me habría visto en el escenario o en la tele, tal vez en el anuncio de compresas con alas en el que había intervenido meses atrás. Estoy acostumbrada a que los desconocidos me observen con mayor o menor discreción. Unos me miran porque me reconocen de inmediato y hasta se atreven a abordarme. Otros me miran porque les suena mi cara y no saben de qué. No quiero engañar a nadie: mi relación con esa cuota de reconocimiento con que me condecora periódicamente la mirada ajena es compleja y ambivalente; a veces, ser identificada me produce placer y a veces no, pero en ninguno de ambos casos sé muy bien cómo reaccionar. Lo único que sé es que, cuando ese reconocimiento, que a veces me llena de placer y a veces no, deja de producirse, negros nubarrones se ciernen sobre mi ánimo y quién sabe qué sería capaz de hacer con tal de llamar la atención si no ejerciera una tenaz vigilancia. A veces tengo la impresión de estar luchando no ya para ser mejor, sino para no empeorar demasiado.

Por desgracia, la gorda no estaba al tanto ni de mis actividades teatrales ni de mis lucrativos escarceos con la industria de la higiene íntima femenina. Con admirable potencia de diafragma y ordenándome imperiosamente por señas que me acercara a ella, la buena mujer se dirigió a mí:

—¡Oye, guapa! Tú debes de ser la hija de Victoria Cano, ¿verdad?

Sin tomarse siquiera la molestia de presentarse antes,

la gorda se lanzó a una vehemente exposición acerca del asombroso parecido que existía entre mi madre y yo, y la viva simpatía que me había inspirado minutos antes cayó en picado. De acuerdo: después de haber oído discursos como ése centenares de veces a lo largo de mi vida, ya va siendo hora de que los encaje sin descomponerme, pero es superior a mí. Ya puedo pintarme el pelo de verde, de rosa o de violeta o ponerme ropa de una enrarecida extravagancia, que nada de eso detiene a los implacables detectores de semejanzas materno-filiales. Si por lo menos se conformaran con decir que tenemos los mismos ojos, la misma nariz, la misma boca y las mismas orejas, todavía podría soportarlo con cierta entereza. El problema es que, envalentonados por su propio entusiasmo, acaban sosteniendo la ridiculez de que tenemos la misma mirada, la misma sonrisa o la misma manera de gesticular y de movernos.

Cuando por fin agotó el enjundioso asunto de mi asombroso parecido con mi madre, la gorda me dejó pasmada al anunciarme que era Mariona Farjas. Puede que yo me parezca horrores a mi madre, pero que me aspen si la sesentona tragaldabas que tenía delante de mí mantenía alguna remota semejanza con la atlética figura de la campeona de natación a quien yo había visto tantas veces en el recorte de periódico de agosto del 57, justo al lado de mi madre. Lamentablemente, no pude embarcarme en una reflexión acerca del efecto devastador de los bollos sobre los cuerpos de las nadadoras, porque ya una pregunta, mil veces planteada sin el menor éxito, piafaba de impaciencia en mi cerebro.

—¿Que por qué tu madre no cruzó el estrecho con el resto de la expedición? —repitió la Farjas con una sonrisa en la que me pareció percibir un inesperado matiz de amargo resentimiento—. ¿Por qué me preguntas eso? ¿Por qué precisamente a mí?

—Sólo porque me gustaría saber la respuesta.

La Farjas cayó entonces en tal ensimismamiento que durante un rato temí que se hubiera olvidado por completo de mi existencia. Me preguntaba ya si mi destino no sería precisamente andar por ahí perseguida por una estruendosa jauría de preguntas sin respuesta cuando, con el aspecto de quien regresa de una extraña aventura interior y tiene un *jet-lag* horroroso, la Farjas rompió a hablar sin mirarme.

—Hay personas-tumor, personas que infectan una parte de tu vida, y tu madre es una de ellas.

Los cinco o seis litros de sangre que circulaban por mis venas afluyeron masiva y tumultuosamente a mi cara. Que yo me cisque en los míos no significa que pueda tragarme ciertas cosas sin pestañear. Supongo que habría abofeteado a la Farjas, o la habría dejado plantada, o le habría escupido en un ojo, o en los dos, de no ser porque el infame gusanillo de la curiosidad me impulsaba a digerir cualquier agravio con tal de darle a mi afán de saber algo en lo que hincar el diente.

—No es que fuera mala, tu madre. Pero a mí se me metió en el cerebro, como un tumor maligno, y ya no hubo forma de sacármela de encima. A veces no podía evitar pensar que había hecho aquello sólo para poner de manifiesto la criminal mansedumbre de todos los demás. Y el recuerdo de su gesto siempre estaba ahí, afeándome los triunfos como uno de esos moscardones que vienen a posarse sobre el manjar más sabroso.

—Pero ¿se puede saber qué es lo que hizo?

—El problema no es lo que hizo, sino lo que no hizo. A mí tampoco me hacía ni pizca de gracia darle la mano a aquel individuo. Creo que a nadie de la expedición le hacía ni pizca de gracia darle la mano a aquel individuo.

—¿Qué individuo?

—¿Qué individuo va a ser? ¿Quién se empeñaba en dar bombo a las victorias deportivas de los españoles? ¿Quién

133

se empeñaba en salir en el No-Do imponiendo medallas a diestra y siniestra y estrechando la mano de los campeones?

—¿Me está diciendo que mi madre renunció a hacer la travesía del estrecho para no tener que darle la mano a Franco?

—Siempre fue una persona muy desconcertante. Tan dócil en apariencia, tan santurrona, pero con un fondo de rebeldía, de secreta resistencia. En una época en la que nadie se atrevía a significarse, ella no vaciló. En cuanto supo que aquel individuo nos recibiría en la otra orilla para que el No-Do inmortalizara el momento, se negó a formar parte de la expedición. Dijo que aquel hombre no volvería a tocarle un pelo y asunto concluido, eso es lo que dijo, que no volvería a tocarle un pelo, lo recuerdo muy bien. Sabía que renunciaba a una carrera prometedora, pero eso no la detuvo. No puedes imaginarte la de veces que he pensado en ella. Su renuncia se me metió en el cerebro, como un tumor maligno. Y cada vez que tenía que estrecharle la mano a aquel individuo, me acordaba de tu madre y las mieles se me agriaban en la boca. La victoria se me hacía amarga y odiosa. Once veces, once, le di la mano, hasta que un día me rezagué deliberadamente en una competición: prefería no ganar a verme obligada a tocar a aquel individuo. Fue entonces cuando decidí retirarme. No odio a tu madre —afirmó mientras su mirada y su actitud contradecían sus palabras—, pero me estropeó la mejor parte de mi vida, ésa es la verdad. Hacía casi cuarenta años que no sabía nada de ella. Hasta que ayer me llamaron para decirme que mi marido acababa de ser ingresado en un hospital con un ataque de nervios. Si tu madre se muere de ésta, no sólo me habrá fastidiado la vida a mí, sino también a mi marido.

—¿A su marido? ¿Por qué a su marido? No entiendo nada.

—¿No lo entiendes? ¿Quién te crees que conducía el

autobús que ha atropellado a tu madre? Ella cruzó la calle sin mirar, hay testigos. Y mi Pedro no pudo esquivarla, porque se le echó literalmente encima. Hacía dos meses que se había reincorporado al trabajo después de una baja de dos años por depresión y ahora esto. Cuarenta años después, Victoria Cano regresa para hacerme daño otra vez. El círculo se cierra, es como una maldición.

La mujer de los once fatídicos apretones de mano, once No-Dos en el currículum, once nódulos en el corazón, se levantó tambaleándose, bajó del autobús y me dejó digiriendo, boquiabierta, todo lo que acababa de escupir sobre mí. Qué infatigable trabajador, el azar, fue lo primero que pensé. Y qué hábil, qué fino, con qué perversa sutileza teje y remata sus jugadas.

El hecho de que la Farjas hubiera odiado a mi madre más que al individuo a quien le estrechaba periódicamente la mano, me dije mientras la veía alejarse arrastrando penosamente su enorme masa, no deja de ser significativo acerca de lo impermeable que es a la lógica y al sosegado raciocinio el corazón humano. La imaginé moviéndose, no sin dificultades, por un exiguo piso abarrotado de placas, medallas y trofeos. O tal vez no. Tal vez hacía tiempo ya que los había guardado en algún armario o se había deshecho de ellos vendiéndolos a tanto el kilo.

En cualquier caso, ¿sospechaba mi madre el papel que había desempeñado en la vida de la Farjas? Algo me decía que no. El alcance de su gesto se le debía de haber escapado, como seguramente se nos escapa la mayor parte de nuestros actos, que se obstinan en llevar una compleja vida privada a nuestras espaldas. ¿Cómo podríamos saber qué extraño influjo tuvo en determinada persona aquello que un día hicimos o dijimos? ¿Cómo íbamos a adivinar que una palabra o un acto nuestros, sin consecuencia para nosotros, altera el curso de otra vida? ¿Cómo controlar la estela, tan a menudo desmesurada, de nuestros actos?

Pensé también que la no-travesía de mi madre mantenía un razonable parecido espiritual con mi travesía del lago de Banyoles, por más que yo sólo huyera de un bautista de pacotilla, enfundado en un ridículo Meyba, y ella de un abyecto dictador. El hecho de que ambos fueran calvos me arrancó una sonrisa casi objetivamente estúpida.

Ahora sabía que la mansedumbre de mi madre, que ella se había empecinado en mostrar como algo compacto, como una estructura impertérrita y sólida, desprovista de vacilaciones, dudas o fracturas, tenía al menos una fisura documentada.

Mi madre no pudo hojear los álbumes de fotos. En cuanto llegué, las cosas empezaron a torcerse y ya no dejaron de ir de mal en peor. El médico y tres enfermeras nos informaron de que era urgente administrar la sangre. Mi madre se debilitaba a ojos vistas, pero eso no fue óbice para que rechazara la transfusión una y mil veces con desasosegante firmeza. El sermón del equipo médico no surtía en ella el menor efecto. Yo diría que surtió precisamente el efecto contrario al deseado. Mi tía y mi madre llevaban cuarenta años preparándose para salir triunfantes de situaciones como ésa y cada intervención del adversario no hacía sino fortalecer su determinación. No había ningún argumento que no hubieran calculado y que no supieran refutar, derribar, pulverizar.

Entré en escena cuando el médico y las enfermeras ya se daban por vencidos.

—Allá afuera está el mar. Y es tan azul que resulta difícil resistirse a su llamada. Nadar, ¿recuerdas?

El hecho de que mi madre se ensimismara durante unos instantes me infundió locas esperanzas. Al poco, sin embargo, negó con la cabeza y volvió a decir, con una voz que se debilitaba por momentos, que no aceptaría la sangre. Fue entonces cuando cogí el recipiente de plástico sin arrancarlo de la sonda que lo unía al cuerpo de mi madre.

—Si tú no aceptas la sangre, me la tomaré yo. Puede que tú alcances la vida eterna, pero yo me condenaré para siempre.

Mi madre me miró tratando de elucidar si era capaz de cumplir mis amenazas o si se trataba de una baladronada. Yo también me lo preguntaba.

—Te juro que lo haré. Ahora no, claro; sólo si a ti te pasa algo por haber rechazado la sangre.

—No puedo aceptar la sangre —dijo mi madre con un hilillo de voz—; sabes que no puedo hacerlo.

—No me digas que no puedes, porque nadie te lo impide. Tú eliges.

—No quiero la sangre.

—Entonces me la beberé hasta la última gota.

Cuerpos y almas en estrecha vecindad

> Queremos a la madre sin saberlo, sin sentirlo, porque es algo tan natural como la vida misma; y no percibimos cuán profundas son las raíces de este amor hasta el momento de la separación final. No se lo puede comparar con ningún otro afecto, ya que los otros son accidentales, y éste es de nacimiento; todos los otros nos vienen dados más tarde por las casualidades de la existencia, mientras que éste vive desde el primer día en nuestra propia sangre. Y, además, además, no es sólo una madre lo que hemos perdido, sino que es toda nuestra infancia la que desaparece en parte...
>
> Guy de Maupassant

La única catástrofe para la que no estaba preparada sucedió a las 23.59. Supe antes que nadie que mi madre había muerto. Lo supe antes que mi tía, antes que mi hermana, antes que mi padre, antes que el médico o las enfermeras. Lo supe en el preciso instante en que sucedía porque sentí un súbito desgarramiento en un costado, como si una parte de mí se desgajara con un alarido de dolor.

Ignoro si las grandes proezas de la humanidad se llevaron a cabo en medio de la más absoluta parálisis mental, pero es una hipótesis sostenible. Si es cierto, como sospecho, que el pensamiento engendra miedo, puede que el coraje sólo sea posible en casos de severa restricción de la actividad mental. Lo que quiero decir es que si uno piensa un poco antes de actuar, la mayor parte de las veces acabaría por irse a casa a acariciar al perro para evitar complicaciones. Yo, en cualquier caso, no vacilé, tal vez porque, para que nada ni nadie me impida entregarme a la absorbente pasión de complicarme la vida, no tengo perro ni gato ni periquito ni novio que reclame mis caricias a horas fijas.

Impelida por una fuerza oscura e irracional, hice lo que tenía que hacer sin que mis neuronas produjeran, pasteurizaran, liofilazaran y envasaran un solo pensamiento. Arranqué el recipiente que contenía la sangre de mi madre de un único y violento tirón. Luego agujereé el plástico, no me pregunten cómo. Sólo sé que, de pronto, mis

141

gestos poseían la destreza de un avezado cirujano unida a la irreductible fuerza de un cíclope. Me sentía henchida de un vigor que un espíritu crédulo sin duda calificaría de sobrenatural. Allá ellos con sus monsergas mágicas. Yo prefiero pensar que lo que me permitió hacer lo que hice fue la desbordante energía generada por la ira, la rabia, el dolor, el feroz rugido de todas mis células amotinadas.

Cuando empecé a beber la sangre, nadie intentó detenerme. Parecían presos de un pertinaz fenómeno de obnubilación colectiva. Me dio incluso la impresión de que a mi tía Virginia los ojos le bailoteaban en las órbitas y se le disparaban en todas las direcciones, como si se negaran a seguir retransmitiendo una escena que por fuerza debía de herir la delicada sensibilidad de su propietaria. A punto estuve de concederme el placer de soltar una mefistofélica risotada. Y de brindar por que todos ellos alcanzaran la Vida Eterna en el Nuevo Mundo. Y que se pasaran cien años cavando fosas para enterrar a los réprobos de mi calaña mientras el capataz que supervisaba la operación los obligaba a silbar una alegre melodía. Pero de algún modo sabía que si me detenía ya no sería capaz de seguir adelante.

No saben cuánto me gustaría poder decir que después de apurar la última gota de la sangre de mi madre oí una cerrada ovación, ese embriagador batir de palmas con que el público premia al artista cuando se apagan las luces. Muchas veces me he preguntado quién sería el primer bípedo —¿un australopiteco?, ¿un neandertal?, ¿un cromagnon?— que patentó esa forma tan simple y a la vez absolutamente perfecta de expresar el júbilo. Para un actor, créanme, no existe moneda más sólida ni honorarios más dulces que el aplauso. Ya pueden hundirse el dólar, el euro y el yen, que a un actor siempre le quedará esa forma primitiva y directa de la emoción. Esta vez, sin embargo, no hubo aplausos ni tímidos ni clamorosos ni de ningún otro tipo. Recuerdo un silencio sepulcral sembrado de ojos desorbitados y de rictus de espanto. La única semejanza con una función de teatro fue que al final la luz se apagó y dejé de ver a mi horrorizado público. Supongo que perdí el conocimiento y me desplomé, ampliamente desbordada por los últimos acontecimientos, sin duda alguna los más dolorosos que había atesorado en treinta y seis años pródigos en placeres y dolores.

Luego, luego... Es difícil dar cuenta del miedo, del pánico, del horror en toda su magnitud. En cuanto recuperé la conciencia en medio de un fuerte olor a sangre, supe que las perspectivas no eran muy halagüeñas. Traté de abrir los ojos pero mis párpados se negaron a ejecutar la orden. Intenté sucesivamente abrir la boca, gritar con la boca cerrada, mover las manos y los dedos de los pies, todo en vano: era obvio que mi cuerpo no me obedecía. En esas circunstancias el 99,9 por ciento de los seres humanos habría reaccionado con escaso coraje y, por una vez —la segunda en poco tiempo—, me adherí sin esfuerzo a la forma mayoritaria de ver las cosas. No veía nada, no oía más que el angustioso zumbido de mis propios pensamientos, no podía moverme ni pedir auxilio, tenía fundados motivos para sospechar que me había pasado algo terrible y estaba aterrorizada. Le habría cedido gustosa un tercio de mi fama, si no la mitad, a quienquiera que hubiera venido a hacerme compañía, aunque su conversación fuera de tercera regional.

Comprendí que el fenómeno no admitía quinientas explicaciones. O estaba soñando o la sangre de mi madre me había sentado bastante peor que cualquiera de las porquerías que me había metido en el cuerpo a lo largo de una vida no exactamente disipada aunque sí bastante aprovechada. Habría sido reconfortante poder aferrarme a la posibilidad de estar soñando y que todo, incluida la muerte de mi madre, fuera una pesadilla, pero un somero examen de la situación bastaba para diagnosticar que la posibilidad más benigna era también la más inconsistente e improbable, ya que quien sueña ve imágenes, incongruentes o no, y a mí la oscuridad me envolvía por completo. Desvanecida la esperanza de hallarme en mitad de una pesadilla, quedé a merced de la hipótesis más espeluznante: la sangre de mi madre me había provocado un síncope, una reacción alérgica, un *shock* profundo, algo. Con ser malo, lo del *shock* profundo no era ni mucho menos lo peor, porque la idea de que tal vez estaba muerta empezaba a sobrevolar mi espacio aéreo con ansias de predominio.

Convendrán conmigo en que pensar que uno puede estar muerto ya es bastante horroroso como para tener que pechar encima con tribulaciones suplementarias. Pues bien, mientras luchaba infructuosamente por abrir los ojos, pedir auxilio o mover algún miembro, se me ocurrió que si en verdad estaba muerta, la hermandad espondalaria, acaudillada por mi tía Virginia, no dejaría escapar la oportunidad de convertir mi caso en la prueba fehaciente de sus delirantes doctrinas. ¡Mirad lo que les ocurre a los bebedores de sangre! ¡Mirad cómo caen inmediatamente fulminados por la cólera divina! Poco importaba que un suceso así admitiera diversas explicaciones médicas; los espondalarios solían ciscarse en la ciencia con un descaro impúdicamente prerracionalista y mi muerte sería manipulada hasta hacer de ella la Gran Confirmación, la demostración última e incontrovertible de la necesidad de abstenerse de tomar sangre. Cabía incluso la monstruosa posibilidad de que el asunto propiciara una avalancha masiva de conversiones. Ya sé que es ridículo preocuparse por ese tipo de cosas cuando uno tiene serios motivos para creer que puede estar muerto, pero la idea de convertirme en una especie de símbolo para los espondalarios emponzoñaba mi ánimo con un persistente y amargo sabor a sarcasmo terminal. Estaba claro que había llegado el momento de imprimirles un nuevo rumbo a mis pensamientos. El problema es que no parecía quedar ni una sola idea alegre en el mercado.

Si estaba muerta, ¿cómo es que todavía producía pensamientos? ¿Acaso iba mi conciencia a disolverse poco a poco en la nada? ¿O es que, contra todo pronóstico, existía algo parecido al alma inmortal? De ser así, ¿estaba mi alma temporalmente aparcada en el limbo mientras las Instancias Superiores decidían qué hacer conmigo? Confié en que las deliberaciones no fueran muy largas porque hasta el infierno se me antojaba preferible a aquella incertidumbre. Fue entonces cuando se me ocurrió cultivar pensamientos abominables para acelerar el trámite de mi juicio. Si, tal y como sospechaba, iba a acabar recalando en el infierno, ¿qué sentido tenía dilatar el proceso? Que los caballeros del tribunal supieran cuanto antes con quién tenían que habérselas. Sin embargo, debía de estar para el arrastre porque durante un buen rato no se me ocurrió nada. La historia que tras una larga y angustiosa sequía de ideas abominables le serví al tribunal, con guarnición de florecillas del mal trenzadas en forma de corona mortuoria, es ésta.

Markus Barta acaba de extender con mano temblorosa mi certificado de defunción. Parece afectado, aunque nuestra relación apenas si fue un roce, un brote espontáneo y mutuo de simpatía sin consecuencias. Lo imaginaba más frío, más dueño de sí. Quién sabe si él no habrá pensado también que yo podía haber sido una brillante sustituta de Brunilda, quien a su vez fue una excelente sustituta de Margarita, quien a su vez se empleó a fondo para apagar el eco de Laura, Montserrat o Elisenda.

En cualquier caso, es Markus quien se ocupa personalmente de las manipulaciones necesarias antes de meterme en la nevera y es él, *o gioia*, quien me quita la ropa con sus manazas de coloso. Lástima que las lleve embutidas en los preceptivos guantes de plástico que usan los forenses. ¿O son de goma? No importa: cualquiera que sea el material del que están hechos sus guantes, al verme desnuda, Markus me contempla de una forma que sus colegas considerarían sin duda indigna de un profesional. ¡Ah, bribón! ¡Te deportaremos a Siberia! ¡Te suspenderemos de empleo y sueldo por el resto de tu vida! Pero estamos de enhorabuena porque, ahora mismo, no hay nadie más en el departamento de anatomía forense. Nadie nos ve. Puede que los demás empleados estén en la cafetería. O en su casa, con una baja por enfermedad. O tal vez en esta franja horaria Markus es el único encargado del tanatorio, el monarca absoluto de este frío y triste reino.

Sin quitarme ojo, Markus se sitúa muy cerca de mí y empieza a despojarse muy lentamente de sus guantes. Ni que decir tiene que su *strip-tease* de manos no guarda la menor relación con el de Rita Hayworth. Está asombrado, voto a bríos. Y bastante asustado. Lleva años haciendo su trabajo con el pulso firme y el gesto impávido, sin dejarse impresionar por la calidad de la carroña. Jamás le había pasado nada parecido. Una gotita de sudor le tiembla en la sien y se muerde el labio inferior mientras me contempla con los ojos entornados y brillantes y las aletas de la nariz muy dilatadas. La lucha que tiene lugar en su interior es una lucha titánica, tremenda, calculada para un pedazo de humanidad de dos metros de altura y unos cien kilos de peso. Bastaría con trasladar esa lucha a un organismo más pequeño para volver majareta a su inquilino temporal. ¿Vencerá la pulsión erótica? ¿Vencerá el juramento hipocrático? Yo me siento arder. Ya sé que arder en el departamento de medicina forense es una inadmisible irregularidad, pero así es la vida: una secuencia de irregularidades más o menos admisibles. ¡Ánimo, Markus! ¡Échame las zarpas! ¡Déjate de códigos deontológicos y ríndele un emotivo homenaje a una conocida!

Entonces lo noto. Noto cómo su mano me acaricia un

pecho. Su caricia es tímida al principio. Y sorprendentemente delicada en un hombre tan grandullón. Me gustaría poder espolear de algún modo su audacia, pero sé que ésta es una sesión de erotismo unilateral. No exactamente unilateral puesto que soy receptiva a sus caricias; lástima que mi cuerpo no se lo pueda demostrar. Súbitamente envalentonado, como si pudiera oír mis pensamientos, Markus envía un par de dedos a juguetear intrépidamente con mi pezón. Y luego –¡jódete Hipócrates!–, siento que un frente cálido avanza hacia mi pecho. Mientras su boca se hunde en mi carne –¿o debería decir mi ex carne?–, oigo con toda claridad cómo mi amigo el forense se baja con urgencia y cierta torpeza la cremallera, que se le atasca varias veces con un ruidito inconfundible, pura música celestial, créanme; cuando obedece a un desbordamiento de la emoción, la torpeza impresiona a veces más que la habilidad, especialmente en un tipo que ha rebasado ampliamente la edad de la iniciación. Conteniendo a duras penas mi impaciencia, me digo que Markus no tardará en presentar armas. Y al poco, efectivamente, me coge la mano, la vuelve de forma que la palma queda hacia arriba y restriega contra ella un par de pelotas de campeonato. No saben cuánto lamento no poder estrujarlas como sin duda merecerían: al fin y al cabo, acaban de abandonar misericordiosamente su cálida guarida para tratar de levantarle el ánimo a un pobre cadáver. En cuanto a lo demás... ¿Qué decir de un nabo espléndido que cabecea con brío y desespero contra la palma de mi mano como si se hubiera hecho el firme propósito de devolverme a la vida? ¿Acaso existe impulso más noble que el de un médico que no escatima medios ni esfuerzos, por heterodoxos y poco científicos que puedan parecer, con tal de reanimar a una paciente?

Por desgracia, no sólo el miembro de Markus no fue capaz de devolverme a la vida, sino que ni siquiera pudimos proseguir nuestro encendido aunque ficticio idilio *post mortem* –mi vida erótica como fiambre– pues alguien me cortó la inspiración con una bofetada. No era exactamente una bofetada, sino una violenta sacudida, una especie de feroz descarga eléctrica que me dejó algo aturdida. Admito que durante unos instantes casi me alegré, porque pensé que el tribunal encargado de juzgar mi caso ya había emitido su veredicto y la bofetada era un anticipo, la primera entrega de los once mil volúmenes de *Mi vida en el infierno*. La verdad es que no iba muy desencaminada en mis apreciaciones: la bofetada, efectivamente, era un anticipo de lo que me aguardaba pero jamás habría podido adivinar quién me la había pegado.

–Llevabas ya demasiado rato poniéndome los pelos de punta, hija mía –tronó la inconfundible voz de mi madre.

Convencida de que acababa de ser víctima de una alucinación, regresé a mis escarceos con Markus, en parte para vencer la viva nostalgia y los incipientes remordimientos en los que la voz de mi madre me había sumido. La polla de mi amigo el forense ya se había vuelto a materializar, grande, recia y gallarda, en el campo siempre fértil de mi imaginación (y eso que rara vez lo dejo en barbecho), cuando recibí una segunda bofetada, mucho más sañuda y violenta, por cierto, que la anterior.

–¡Basta ya! Estás muy equivocada si crees que te voy a seguir tolerando guarradas de este calibre –volvió a tronar la voz de mi madre tan inconfundible como la primera vez, y eso a despecho de una leve ronquera–. Supongo que antes no sabías que yo estaba aquí, y eso te exoneraba en cierto modo. Pero ahora ya estás avisada. Estoy aquí, contigo, y se me ha agotado la paciencia. Si persistes por este camino, me veré obligada a tomar represalias.

¿Qué clase de truco malévolo era aquél? ¿Quién podía tener el retorcido mal gusto de gastarme una broma tan macabra? Lo más inquietante de todo era que la voz daba la impresión de salir de mí, de la misma pista de la que despegaban mis pensamientos, como si mi conciencia se hubiera escindido en dos facciones distintas y enconadamente antagónicas. ¿Qué diablos estaba pasando?

—¿Que qué pasa? —volvió a embestir la voz de mi madre—. Pasa que has vuelto a meter la pata, para variar. Eso es lo que pasa. Siempre lo echas todo a perder, es tu sello de marca. Y eso que partías con excelentes condiciones iniciales. Cuando eras pequeña y te oía decir de memoria las capitales del mundo una tras otra y sin cometer errores, se me caía literalmente la baba. Te las sabías todas, hasta las de Liechtenstein y San Marino. Esperaba de ti grandes cosas, ¿sabes? Y, en cambio, ¿qué hiciste? Dilapidar tu prodigiosa memoria aprendiendo papeles repugnantes y sacrílegos de adúlteras, de mujeres sin temor de Dios, libertinas, casquivanas y demasiado proclives a aparecer en escena ligeras de ropa. ¿Era realmente necesario que te pusieras aquella túnica indecente para hacer de Antígona, cuando de lo que se trataba era de rendir honores funerarios a un hermano y no de asistir a la fiesta de cumpleaños de Dionisos? Desde que dejaste la Verdad no has hecho más que hundirte ostensiblemente en el lodo.

La mayor parte de la gente necesita algún tipo de señal de su interlocutor para desplegar un discurso: preguntas estratégicamente dosificadas, una sonrisa de aprobación, esporádicos asentimientos con la cabeza, onomatopeyas que le indiquen al hablante que su interlocutor sigue vivo y más o menos atento. Sin esas señales, el discurso pierde ímpetu, las frases se hacen demasiado conscientes del escaso interés que suscitan y se desintegran entre confusos y avergonzados balbuceos que tienen algo del estertor de un ballenato moribundo. Mi madre no es de ésas. Su aplastante ímpetu discursivo se las ingenia para retroalimentarse sin necesidad de respuesta. Recordé que hacía un rato habría dado un tercio de mi fama a quienquiera que viniera a hacerme compañía, aunque su conversación fuera de tercera regional, y no pude evitar convenir con santa Teresa en que seguramente se derraman más lágrimas por las plegarias atendidas que por las no atendidas.

—Dudo que a santa Teresa le gustara que utilices sus dichos para zaherir a alguien —volvió a la carga mi madre—. Me veo además en la obligación de recordarte que eres tú quien tiene toda la culpa de lo que nos pasa, ¿me oyes? Si no hubieras cometido el sacrilegio de beberte mi sangre, nuestras conciencias no se habrían fundido, ni habrían quedado atrapadas en un mismo habitáculo espiritual.

—¿Cómo dices? —pregunté sobrecogida.

—Pues que esta vez la has hecho gorda, hijita: te has bebido mi alma y nos hemos quedado fundidas en una especie de asociación de almas. Si no fuera por ti, mi alma estaría en paz, esperando la llegada del Armagedón en una dulce somnolencia. En lugar de eso, hace un buen rato que oigo todos tus pensamientos y te aseguro que me vienen arcadas. Así que ten piedad de mí y hazme el favor de controlarte por una vez en tu vida.

A pesar de las arcadas, me pareció que a mi madre le hacía cierta gracia la idea de tener una entrada de platea para asistir al incomparable *show* de mi vida interior. Aunque el tono de mis pensamientos se le antojara abominable, el hecho de confirmar sus peores sospechas con respecto a mí debía de compensarla con creces de tanto sobresalto.

—Y ¿crees que esto va a durar mucho? —pregunté mientras una parte de mi mente luchaba todavía por aferrarse a la hipótesis de que todo aquello fuera una grotesca alucinación.

—Mira, hija: yo estoy tan atónita y sé tan poco como tú. Pero mientras pergeñabas cochinadas inauditas he tratado de hacerme una composición de lugar. Yo estoy muerta, eso está claro, aunque al beberte mi sangre le has insuflado una especie de segunda vida a mi conciencia, pero tú te debes de haber quedado en estado de *shock*, porque percibo claramente tu energía. Siempre has tenido una energía desatada y febril. Total, para nada. Para despeñarte. Para chapotear en el fango. Para hacer castillitos en el lodo.

Mientras la voz de mi madre seguía con su interesante disertación, me dio por pensar que el infierno era exactamente eso. Desde luego, no tenía nada que ver con la idea casi industrial que de él se hacían los católicos. ¿Por qué crear una infraestructura compleja y difícil de mantener, con un número limitado de suplicios estándar y grandes calderas para rustir a la gente a fuego lento, cuando lo más sencillo y efectivo era concebir un modelo exclusivo de infierno para cada cual, con crueldades personalizadas y tormentos hechos a medida como un primoroso traje de alta costura diseñado para oprimir por todas partes? Que el ecologista se vea obligado a construir con sus propias manos una central nuclear o a echar residuos tóxicos en ríos y montañas, que el ultraliberal sea confinado en un *kibutz*, que el solitario y el misógino tengan que vivir rodeados de una multitud vocinglera que los acompañe incluso en sus íntimos desahogos en el retrete, que el intelectual se vea obligado a meterse su exquisita sensibilidad en el recto y dirigir un *reality show* deleznable en horas de máxima audiencia, que yo, en fin, me quede atrapada en un mismo habitáculo espiritual con la conciencia gazmoña y megapuritana de mi madre. Hagamos que la gente se tope de bruces y quede presa de aquello de lo que huyó toda su vida: he ahí la más alta cumbre de la crueldad.

Con objeto de que mi madre no pudiera inmiscuirse

en estos pensamientos, tomé la elemental precaución de pensarlos en francés. Mi barricada lingüística la ofendió tanto que durante un rato no tuve noticias suyas.

Contra todo pronóstico, el silencio de mi madre no trajo consigo un sensible incremento de mi calidad de vida, sino todo lo contrario. Apenas había empezado a disfrutar de la ausencia de recriminaciones cuando una sed ardiente y abrasadora vino a atormentarme. No era una sed normal de agua, de cerveza o de algo más fuerte como la que nos asalta un día de canícula o una noche deprimente, sino algo muy distinto. Tenía la espantosa sensación de que mi sustancia vital se consumía, deshidratada como una momia y exhalando secos y ominosos quejidos en su agonía. Empezaba a sospechar que aquella sed enloquecedora era el principio del fin cuando, de golpe, como un avión que baja en picado y toma bruscamente tierra, comprendí lo que sucedía y me rompí el tren de aterrizaje. Mucho había clamado por salir de la incertidumbre, pero entonces, en el instante mismo en que lo comprendía todo, me embargó una feroz nostalgia de mi pasada ignorancia.

El problema, digámoslo claramente, es que me había convertido en una vampira. Al beberme la sangre de mi madre en un momento de intensas turbulencias emocionales, y justo cuando su corazón acababa de pararse mientras en el cerebro debía de estar produciéndose el estallido de desordenada actividad que preludia a la muerte clínica, habían sucedido varias cosas. En primer lugar, mi intervención había provocado que su conciencia siguiera viva, pero indisociablemente unida a la mía, pues la sangre se las había ingeniado —no me pregunten cómo— para derribar las barreras existentes entre ellas y en lo sucesivo seríamos los dos hemisferios de un único organismo espiritual. Un organismo bífido o bicéfalo, una especie de *holding* de almas, como cuando una empresa próspera y floreciente absorbe a otra herida o moribunda. Lo malo es que, durante el proceso de absorción, la empresa próspera y floreciente había entrado en estado de *shock*. Con ser mala, ésa no era la única consecuencia nefasta que sobre mí había tenido mi desaforado gesto: al beberme la sangre, y con ella el alma de mi madre, me había convertido en una singular modalidad de vampira. La única sustancia capaz de aplacar mi espantosa sed era la conciencia de mi madre, sus recuerdos, material de desecho incluido, sus más secretas aspiraciones, los sueños que por algún motivo se había prohibido soñar, ahí es donde tenía que hincar mis vampíricos colmillos si quería mantener con vida mi conciencia.

Abrasada por aquella sed descomunal, empecé a marearme: mi conciencia perdía nitidez segundo a segundo. O mi madre rompía su silencio y me alimentaba con su alma o no tardaría mucho en disolverme definitivamente en la nada.

—Háblame, por favor, cuéntame algo, no importa qué —logré articular con una voz débil y cavernosa, poco más que un guiñapo sonoro.

—Nos debilitamos —fue la sintética constatación de la evidencia con la que mi madre etiquetó la situación. Advertí que su tono de voz había perdido belicosidad y que su presencia irradiaba ahora cierto calor del que cabía inferir que mi atroz sufrimiento la había conmovido.

También ella debía de haber comprendido que estábamos atrapadas en un círculo vicioso. Digamos que nuestra relación era una modalidad particularmente perversa de simbiosis: el capital que yo aportaba a la empresa era mi energía, indispensable para que la conciencia de mi madre siguiera con vida. Si mi conciencia se extinguía, también la de mi madre expiraría. Pero, para sobrevivir,

153

mi energía necesitaba imperativamente que mi madre la alimentase con la enciclopedia ilustrada de su vida en ochenta tomos, todo lo que usted quería saber sobre Victoria Cano y más.

—Tienes que contármelo todo, por favor —supliqué una vez más, aterrorizada por el sonido de mi propia voz.

—Está bien —se pronunció al fin mi madre tras un silencio durante el cual, como muy pronto se verá, se había entregado a fructíferas meditaciones—. Pero antes tendrás que aceptar una serie de condiciones. Si no acatas mi decálogo, no hay trato.

—Dispara —gemí mientras imaginaba con prodigiosa exactitud el tipo de capitulación que me había preparado.

—Prométeme que no me zaherirás.

—No te zaheriré.

—Prométeme que no imprecarás, ni renegarás, ni me provocarás con palabras soeces e imágenes inconvenientes.

—No imprecaré, no renegaré, no te provocaré con palabras soeces ni imágenes inconvenientes.

—Prométeme que no serás procaz, deslenguada ni insolente.

—Lo prometo.

—Repite lo que te digo palabra por palabra; no me valen las síntesis.

—Mamá, no puedo más. Date prisa, por favor. Estoy jodida.

—No estás «eso» —corrigió mi madre—. Estás fatal, estás muy enferma, quién sabe si no estás al borde de la muerte, pero «eso» no volverás a estarlo jamás. Jamás, ¿me oyes? La palabra ha quedado desterrada de tu vocabulario.

Imaginé a la palabra *jodida* muriéndose de frío a veintisiete grados bajo cero en un campo de trabajos forzados en Siberia.

—O prometes lo que te pido palabra por palabra o no hay trato.

—De acuerdo: no seré procaz, ni deslenguada, ni insolente.

—Por último, prométeme que no harás befa de mis principios religiosos ni incurrirás en tus habituales exhibiciones de malos sentimientos.

—No haré befa de tus principios religiosos ni incurriré en mis habituales exhibiciones de malos sentimientos.

—Sólo me queda rogarte encarecidamente que recuerdes lo que me has prometido. De ahora en adelante cualquier infracción del decálogo será sancionada con una inmediata ruptura de relaciones. Y no hace falta que te recuerde lo que eso significa.

Sed de infracción

Acatar el decálogo fue un gesto inmediatamente rentable. Ya sé que suena feo expresado así, pero qué quieren: la verdad no siempre tiene un semblante amable. En cuanto cometí la inevitable autofelonía de firmar aquel pacto nauseabundo, fui aspirada por una especie de vertiginosa y arremolinada espiral que me engulló como un *maelström* sin que pudiera oponer la menor resistencia. En realidad, todo fue tan rápido que casi lamento no haber tenido más tiempo para saborear la atroz voluptuosidad del vértigo y la envolvente embriaguez de la caída. Me recordó el placer que se siente en ciertas atracciones de feria. Bajas mareado y tembloroso, con las cuerdas vocales extenuadas de tanto gritar y el sabor a miedo pegado a la garganta sólo para ponerte otra vez a la cola y volver a empezar.

Cuando las atorbellinadas espirales del *maelström* se apaciguaron, un estallido de luz rasgó la oscuridad y no tuve más remedio que admitir que habíamos llegado a alguna parte. Ya sé que *alguna parte* es un concepto difuso, pero es el único que se me ocurre para traducir el abismal desconcierto que se apoderó de mí. Había llegado a alguna parte, de eso no me cabía la menor duda, pues a mi alrededor había calles desconocidas y edificios y gente que iba y venía en medio de lo que me pareció una asombrosa normalidad.

No sólo había llegado a alguna parte, sino que además

volvía a tener un cuerpo, aunque enseguida me di cuenta de que no era el mío. No crean que ese descubrimiento me exigió una serie de complejas maniobras intelectuales sólo al alcance de un puñado de inteligencias privilegiadas. La verdad es que tendría que haber sido muy borrica para no percatarme de que aquel cuerpo no era el mío. Durante un buen rato incluso temí haberme convertido en una enana porque los ojos me llegaban más o menos a la altura de las caderas de los transeúntes. Pero cuando, en muy poco tiempo, tres perfectos desconocidos que casualmente pasaban por allí tuvieron la osadía de tocarme el flequillo, pellizcarme la mejilla y tirarme de la nariz (lo refiero según el estricto orden cronológico), la noción de que había aterrizado en un cuerpo infantil penetró sin dificultades en mi hipotálamo. Debo consignar que, pese a las mortificantes carantoñas, el hecho de hallarme en un cuerpo infantil no suscitó en mí grandes objeciones. Convendrán conmigo en que, cuando te has convertido en una forma inmaterial y de repente se te concede el usufructo de un alojamiento corpóreo, sería un disparate venir con exigencias. Y, además, soy actriz, lo que implica que no sólo tengo cierta experiencia en materia de metamorfosis, sino que convertirme en otra y perderme de vista un rato es algo que suelo acoger con febril entusiasmo.

Supongo que el portento de volver a tener un cuerpo obnubiló mi sistema perceptivo hasta el punto de hacerlo impermeable a ciertos detalles curiosos que deberían haber atraído poderosamente mi atención. La gente, por ejemplo, iba vestida de una forma que, en cualquier otra circunstancia, habría sembrado en mí, si no cierta razonable estupefacción, sí, al menos, una incipiente sospecha, un preguntarme cosas y hasta un respondérmelas.

Sin embargo, qué demonios, tenía un cuerpo nuevo y las sensaciones que me deparaba absorbían toda mi atención. Por lo pronto, aquella entidad física y yo estábamos hambrientas, tal y como venía a corroborarlo el imperioso bramido de nuestras tripas. No pude evitar que esa canción-protesta intestinal me llenara de una loca alegría. Que yo recuerde, en toda mi vida no me había sentido tan feliz por estar hambrienta. Supongo que después de verme enzarzada en un lúgubre *tête à tête* con la conciencia de mi madre, mientras la oscuridad nos envolvía por los cuatro costados y aquella sed suprafísica me taladraba la materia sensible, hasta el hambre me parecía una bendición.

Y, además, ya el cuerpo en el que me había incrustado en calidad de polizón espectral se dirigía hacia una señora que acarreaba penosamente dos cestos rebosantes de víveres entre los que habíamos avizorado un apetitoso paquete de galletas y una no menos atractiva tableta de chocolate. La simple visión de aquellas golosinas arrancó a nuestras tripas una colosal aria de lucimiento. Armado de una inquebrantable determinación, mi cuerpo adoptivo se plantó frente a la señora con las piernas muy abiertas y palpándose los bolsillos como si quisiera dar a entender que llevaba un par de pistolas que no vacilaría en utilizar en caso de necesidad. Fue entonces cuando descubrí que mi hospitalario anfitrión no era un anfitrión, sino una anfitriona, porque la voz con que interpelamos a la señora de los cestos era sin lugar a dudas la voz de una niña.

—Señora, si quiere que la ayude a llevar los cestos hasta su casa, sólo le cobraré el módico precio de un paquete de galletas y una tableta de chocolate.

Admito que la desfachatez de mi cuerpo putativo me impresionó muy favorablemente y me hizo albergar grandes esperanzas en cuanto a nuestro futuro inmediato. Hasta entonces, yo era una turista que acababa de poner los pies en un cuerpo y un alma extranjeros. Lo ignoraba todo de mi anfitriona. No sabía quién era. No conocía su historia ni su particular manera de entender el mundo.

No me inspiraba aún ni simpatía ni antipatía. Pero, en cuanto la oí hablar, me felicité por haber recalado en aquel organismo. Al fin y al cabo, el turismo de almas no deja de ser un deporte de riesgo: uno corre el peligro de quedarse varado en un alma mezquina y pusilánime, lo que yo llamo un alma de gallinácea, de vuelo corto y mucho aspaviento.

No tardé en descubrir que la señora de las cestas distaba mucho de compartir mi ardiente entusiasmo por la desfachatez ajena.

—Largo de aquí, granuja —fue su desconsiderada respuesta a nuestra amable oferta de servicio a domicilio.

—¡Calumnia infame, pérfida y grosera, señora! ¡No soy una granuja! Mis padres me han inculcado educación y modales, no así los suyos a usted, pues que trata con insolente rudeza y cubre de oprobio a quien viene a hacerle un favor, jolines y recontrajolines. Si fuera usted un hombre, llamaría a mis testigos y la retaría en duelo.

Mientras mi anfitriona persistía en su impetuosa defensa, me pregunté a quién diablos me recordaba esa peculiar forma de hablar.

—... pero como no es usted más que una vulgar mujerzuela, me veo obligada a descocarme por otros medios.

Tras esta singular afirmación, mi anfitriona cogió la tableta de chocolate que tanto excitaba nuestra concupiscencia y emprendió una veloz carrera, botín en mano. Mientras corríamos, perseguidas por las imprecaciones cada vez más lejanas de nuestra involuntaria proveedora de golosinas, llegué a la conclusión de que, pese a su fascinación por las palabras y su asombrosa competencia léxica, mi joven anfitriona tenía todavía ciertas deficiencias que la habían llevado a confundir el verbo *desquitarse* con *descocarse*. Admito que su error me hizo bastante gracia. Siempre me ha gustado la gente que fracasa. Al fin y al cabo, llevar a las espaldas un buen currículum de errores y fracasos significa que uno está lo bastante loco como para arriesgarse a hacer cosas que superan con creces sus posibilidades.

Tan absorta estaba en el análisis de la personalidad de mi impetuosa anfitriona que al volver a oír la voz de mi madre me llevé un susto de muerte.

—Lamento decirte que yo tampoco comparto tu fascinación por la desfachatez y el delito. Por tu culpa me veo obligada a revivir un episodio bochornoso de mi vida.

—¿Tu vida? —pregunté en cuanto conseguí reponerme del susto. ¿Es esto tu vida? ¿Quieres decir que la niña que nos da albergue y comida eres tú y que ésta es tu infancia? ¿Y que si ya no sufro la espantosa sed que me atenazaba hace un rato es porque estoy bebiendo tu memoria?

—Ni más ni menos. En este punto preciso de mi pasado debo de tener seis años, porque la ciudad en la que nos encontramos ahora mismo es Mahón. Tu abuelo estuvo destinado aquí, en la base de submarinos, el año anterior a la guerra, hasta abril o mayo del 36, si mal no recuerdo.

—¿Estamos en 1936? ¿Es por eso por lo que la gente va vestida de una forma tan anticuada? ¿Nos hemos remontado en el tiempo? ¿Estás segura de lo que dices?

—Sí.

Creo haber dicho ya que la capacidad expositiva de mi madre es tan torrencial como apabullante. Para una persona normalmente constituida, colocar tres frases seguidas en su presencia tiene algo de gesta heroica. De ahí que el estilo telegráfico adoptado en sus últimas intervenciones sembrara en mi ánimo una razonable inquietud.

—¿Estás deprimida por algún motivo?

—Yo nunca estoy deprimida. A veces estoy triste, pero deprimida jamás, no te confundas. Ese lenguaje moderno que tanto te gusta emplear resulta a veces de lo más impreciso.

—Nunca te entenderé. ¿No te parece fantástico revivir tu infancia?

—Oye, hazme un favor: déjame tranquila un rato, ¿vale? No estoy de humor.

Me pregunté si la hostilidad de mi madre no estaría estrechamente relacionada con la fechoría cometida por nuestra común anfitriona. Ya sé que robarle una tableta de chocolate a un ser imparcialmente aborrecible es una bagatela. Pero, habida cuenta de que mi madre se había pasado media vida haciendo una aparatosa ostentación de su amor al prójimo, su ilimitada bondad y su estricta observancia de las leyes, en especial delante de mí, el hecho de que yo accediera a este tipo de datos de su pasado remoto debía de ser un hueso duro de roer. De haber podido hacerlo, supongo que no habría vacilado en censurar y reescribir su pasado antes de ponerlo a mi disposición.

Así como el perro da albergue a una colonia de pulgas sin exigirles a cambio el pago de un alquiler, así nos llevaba Victoriña Cano a mi madre y a mí, de paseo por su vida, sin escamotearnos ninguna de sus sensaciones. Si ella se zampaba una tableta de chocolate, el sabor amargo del cacao nos alcanzaba con la misma intensidad que si hubiéramos tenido boca y papilas gustativas propias. Huelga decir que no todas nuestras experiencias gastronómicas eran dichosas: si a la cocinera de la pensión donde vivíamos se le agarraba el estofado, cosa que ocurría con desazonadora frecuencia, no había más remedio que apechugar con el sabor a chamusquina. Y si ese día había hígado, durante un rato yo me convertía en el más alicaído de los parásitos espectrales. No vayan a creer que mi madre se libró de quebrantos gastronómicos: el día en que comimos morcillas, su desesperación alcanzó cotas tan altas que durante un buen rato temí que le diera por suicidarnos.

Aunque la comida de la pensión no era ni mucho menos como para pegar brincos de alegría, yo no cabía en mí de júbilo. Tenía la impresión de que la vida de mi madre corría por mis venas y por mis encandiladas neuronas como un tesoro líquido. Jamás había tomado una droga de efectos tan poderosos ni creo que exista en el mundo nada parecido. Mientras triscaba como una zangolotina por la infancia de mi madre, emborrachándome de placer con sus recuerdos, me pregunté si no habría descubierto el verdadero motivo de la prohibición bíblica de la sangre. Si beber la sangre de alguien permitía hacer turismo a través del alma de esa persona, transgrediendo incluso la lógica espacio-temporal, si el bebedor podía penetrar en la conciencia del otro y en la sustancia misma de su vida y remontarse en el tiempo para beber directamente de las fuentes históricas y bucear en los acontecimientos tal y como habían sucedido, saltando por encima de las sucesivas desfiguraciones con que la memoria embrolla los hechos, entonces no era de extrañar que beber la sangre ajena fuera un tabú suscrito no sólo por los espondalarios, sino por casi todas las culturas conocidas del uno al otro confín. ¿Cómo iban a permitir los poderosos que la gente corriente tomara una sustancia que permitía viajar a través del espacio y del tiempo y acceder a una forma de conocimiento absoluto, directo y sin filtros, de modo que uno se ahorraba pagar el peaje a un montón de intermediarios?

Me doy cuenta de que hay en mí una tendencia a aceptar la anomalía con serenidad. Creo incluso que acepto de mejor grado la anomalía que la normalidad, tal vez porque entiendo la vida como una secuencia de anomalías. Y, entre anomalía y anomalía, se produce el vacío de la normalidad, esa cosa abrumadoramente chata, informe y asfixiante, quieta como la atmósfera de un sepulcro. Supongo que fue por eso, porque me muevo más cómodamente en la crisis que en la insulsa bonanza de los días iguales, por lo que acepté mi condición de parásito espectral no sólo con gallardía, sino con un vivo placer. El *maelström* era una anomalía. Estar en el pellejo, no ya de mi madre, sino de la niña que mi madre había sido, era una furiosa anomalía, un estado de crisis permanente, un cabalgar a lomos de lo desconocido. A veces me descubría pensando, con perversa complacencia, que tal vez no había ya retorno posible.

Mi vida como parásito fue abundante en descubrimientos asombrosos. Pero el más inesperado y emocionante era la propia personalidad de Victoriña Cano, nuestra anfitriona. *Maritrifulcas*, *el azote de Mahón* y *el diablo con flequillo* son sólo una pequeña muestra del tipo de expresiones con que su entorno la condecoraba. Mentiría si dijera que, aplicados a Victoriña, esos calificativos resultaban hiperbólicos. Según pude observar, nuestra anfitriona era zalamera, alborotadora, aguerrida y rebelde y no había modalidad de delito a la que no se sintiera abocada por una irresistible atracción. Es cierto que, dada su edad, las fechorías que cometía eran del tipo venial. Sin embargo, para encontrar un grado comparable de sed de infracción en mi propia biografía, había que remontarse a la época inmediatamente posterior a mi deserción espondalaria, cuando me impuse el imperativo de darme un civilizatorio baño de pecado y acometí la empresa con empeño sistemático, como quien se propone leer un diccionario de la *a* a la *z* en riguroso orden y sin saltarse conceptos. Pero si mi sed de infracción obedecía a un ardiente deseo de ser aceptada en el pecaminoso mundo contra el que tanto me habían puesto en guardia mis correligionarios, un superficial análisis de la proclividad al delito de Victoriña Cano bastaba para percatarse de que no había en ella impurezas conyunturales, sino tan sólo una predisposición innata. Ver el reflejo de mi cara putativa en algún espejo era una experiencia que me encantaba: el flequillo o, mejor dicho, las lacias y oscuras guedejas que le caían sobre los ojos enmarcaban una mirada de ojos negros y centelleantes en los que la sedición y el afán de poner el mundo patas arriba estaban escritos con pasmosa claridad. En una sola jornada podíamos recolectar una cantidad asombrosa de bofetadas, zapatillazos, collejas e intentos de adoctrinamiento racional en forma de sermón. Pero ni siquiera esos correctivos, que a veces nos dejaban las mejillas y las nalgas hechas un cuadro, lograban socavar un ápice mi inquebrantable adhesión a Victoriña Cano y el inmenso placer que me procuraba estar en su pellejo.

No tardé mucho en descubrir, para eterna satisfacción mía, que la bestia negra de Victoriña y principal fuente de inspiración de sus tropelías era su hermana. Sin sospechar que sesenta años más tarde se convertiría en una de las más vehementes defensoras de la patrañesca teoría según la cual la tía Virginia poseía un gran corazón (o tal vez, precisamente, porque tenía la facultad de recordar hacia adelante, quién sabe), Victoriña Cano se aplicaba a la loable tarea de hacerle la puñeta todo lo que podía. El contraste entre ambas hermanas no podía ser mayor. Si Victoria era un torbellino y seducía aun a muchas de las víctimas de sus trastadas por su febril imaginación, su zalamería, su arrojo y su desatada vitalidad, Virginia era una niña de una quietud casi mineral que atraía las miradas por sus hermosos bucles del color del oro viejo, pero cuyo carácter desabrido y huraño, donde despuntaba ya la futura marcialidad, le robaba de inmediato simpatías recién inspiradas. Ya sé que a la pasión le sigue indefectiblemente la decepción pero, en el caso de Virginia Cano, el tránsito entre una y otra duraba apenas lo que el chisporroteo de un fuego fatuo.

No sé cuándo empecé a pensar que Victoriña Cano se parecía más a mí que a mi madre y que su infancia me pertenecía en virtud de un improbable derecho a la coherencia biográfica. Dicho de otro modo: si en el mundo hubiera existido un ápice de justicia poética y de coherencia, ésa habría sido mi infancia. Y así como Victoriña se me aparecía como mi proyección infantil, así era yo (me refiero a mi vida adulta) el destino lógico de una criatura como ella. Nunca me ha obsesionado la coherencia, pero que me aspen si aquella niña díscola tenía la más remota semejanza con la adulta callada o vocingleramente entregada al sacrificio que yo conocía. Las andanzas de Victoriña se me antojaban tan mías como si hubieran llevado mi *copyright*. ¿No era acaso el obstinado silencio de mi madre la prueba fehaciente de que no lograba reconocerse en su propia infancia? De cualquier forma, sospecho que su yo infantil no la habría perturbado ni la mitad de no haber estado yo allí, incómodo testigo de aquel desajuste entre yoes. A mí me sucedía algo parecido: cuanto más creía que mi madre repudiaba sus recuerdos, tanto mayor era el entusiasmo con que los adoptaba como propios.

Por eso me sorprendió tanto su fulminante reacción el día en que, sin saberlo ni pretenderlo siquiera, alteré sus recuerdos por primera vez. Victoriña reinaba en calidad de mascota entre una pandilla de malandrines algo mayores que ella y, tarde o temprano, todos los chicos le pedían, con una solemnidad conmovedora, que fuera su novia. Ella los rechazaba enérgicamente arguyendo que todos le gustaban por igual y que, por lo tanto, favorecer a uno de ellos habría sido tan estúpido como injusto con los demás. Los solicitantes solían batirse en retirada ante tan contundente argumento hasta que, un día, uno de ellos le dijo a Victoriña que sólo aceptaría su negativa a condición de que le diera un beso. El niño era, casualmente, el más guapo de la pandilla. No me malinterpreten, por favor. Que me pareciera guapo no significa que tenga tendencias paidófilas y, además, todo fue muy rápido. Recuerdo que, de pronto, sentí una lacerante nostalgia por un buen beso de tornillo, eso es todo. Puede que pensara en Markus, o en Nico, o en nadie en particular, no estoy segura. Aunque tampoco es tan descabellado sospechar que hubiera en mí secretas inclinaciones paidófilas y que el hecho de habitar el cuerpo de una niña me diera licencia para desbridar mis instintos de corruptora de menores, quién sabe. Sea como fuere, aquel galopín, que no tendría más de nueve o diez años, y Victoriña Cano, que aún no había cumplido los siete, se unieron en un largo y apasionado beso húmedo, con las lenguas buscándose como demonios desbocados y lascivos. Admito que la calidad adulta del beso me dejó tan perpleja como jadeante, pero más había de sorprenderme aún el iracundo parlamento con el que mi madre rompió casi un mes de silencio.

—¡Deja de sabotear mis recuerdos! Limítate a asistir a ellos sin modificarlos. Por una vez en tu vida tendrás que resignarte a ser tan sólo una espectadora. Puedes aplaudir, puedes hacer comentarios en voz alta, puedes incluso denostar la calidad de la función si eso te complace, pero abstente de cambiar el curso de las cosas. Te prohíbo que te pongas creativa, ¿me oyes? Es mi vida y no un guión de teatro que puedas modificar a tu gusto y antojo para convertirlo en una patochada semipornográfica. Si los autores de las obras en las que intervienes son tan botarates como para permitir que les cambies el texto, allá ellos...

—Pero ¿se puede saber qué es lo que he hecho?

—Lo sabes muy bien. Ese episodio de mi vida no fue así. Lo que acabamos de revivir es un recuerdo apócrifo, al menos por un detalle fundamental. Tú me lo has cambiado.

—Yo no he hecho nada, te lo aseguro. Y si me castigas

sin motivo me sentiré impulsada a cometer alguna fechoría, aunque sólo sea para restablecer la justicia en este mundo.

Algo en mi tono la impulsó a dejar de bramar como una demente.

—¿De veras no has hecho nada? ¿Me lo prometes? ¿No has intentado alterar mi historia?

—¿Cómo quieres que cambie episodios de tu vida? ¡Si ni siquiera conozco el fragmento original! ¿No será más bien que guardabas un recuerdo equivocado?

—No te negaré que hay cosas de las que no me acordaba en absoluto, pero de esto sí. De esto me acordaba perfectamente, te lo aseguro. De todos modos, el hecho de que me acuerde o no me acuerde de ciertas cosas no cambia nada. Estamos reviviendo mi vida tal y como sucedió, en los lugares donde sucedió y según el transcurso real del tiempo. Como no has dejado de observarlo con tu característica malignidad, no tengo la menor posibilidad de falsear o de ocultar ciertas cosas, por difíciles de digerir que me resulten. Pero tú sí que te las has ingeniado para alterar ese recuerdo. No tengo la menor idea de cómo lo has hecho. Estoy incluso dispuesta a creer que tal vez no ha habido premeditación por tu parte. Pero aun cuando no te lo hayas propuesto, lo cierto es que has modificado mi recuerdo, eso es lo único que sé.

—¡Pero si todo lo que he hecho ha sido desear ardientemente un beso!

—Pues lamento decirte que en lo sucesivo tendrás que suspender tu producción de ardientes deseos. Que el vasto imperio de tus abracadabrantes deseos se mantenga completamente al margen de mi vida, ¿me oyes? No toques nada: estás de visita en una casa ajena y no tienes por qué cambiar la decoración. ¿Que no te gusta el canapé o la mesilla de noche estilo Luis XV? ¡Pues te aguantas! ¿Me has entendido? ¡No quiero tener un pasado mutante!

No ocultaré que la dura filípica de mi madre me dolió, máxime cuando estaba convencida de que las presuntas mutaciones eran el fruto de su mala memoria o de su puritana reticencia a aceptar el pasado. Me equivocaba, por supuesto, pero todavía no podía saberlo y su hostilidad se me hizo de pronto irrespirable. No, borren eso; las regañinas de mi madre siempre me han afectado más allá de toda medida. Supongo que ése es precisamente el problema: caer en la cuenta de que, a pesar del notable entrenamiento que llevo a mis espaldas, soy incapaz de encajarlas sin descomponerme, una prueba más de mi ilimitada ineptitud y de lo poco que he conseguido aprender en esta vida. Y, además, qué demonios, puede que no sea la más sentimental de las mortales, pero eso no significa que de vez en cuando no necesite una andanada de calor humano.

Poco después de lo del beso mutante, nuestra vida se vio arrastrada por otro tipo de mutaciones. Mi abuelo recibió la orden de abandonar la base de submarinos de Mahón para unirse a la tripulación del cañonero *Arcila*, cuyo destino inmediato era Las Palmas de Gran Canaria, y toda la familia se preparó para seguirlo. Por mucho que me apliqué a la tarea de escrutar el estado de ánimo de mi abuelo, no logré percibir ni la más remota sombra de inquietud ante aquel cambio. Dadas las circunstancias, ¿no debería un militar haber sentido cierto razonable temor ante el futuro inmediato? ¿O es que, como el propio Azaña, mi abuelo consideraba los rumores acerca de posibles conjuras contra la República como meros ruidos de café? Pero lo peor era el estallido de loca alegría con que mi abuela y las niñas acogieron la inminente partida. Cegados por su incurable optimismo, los míos debían de pensar –pobres ilusos– que el lugar al que se dirigían les depararía una vida todavía mejor. Mientras los veía hacer las maletas, poseídos por una estridente excitación, mi disposición anímica era la del espectador de una tragedia clásica: sabe que muy pronto todo va a precipitarse inexorablemente hacia un desenlace fatal y no puede evitar que la terca alegría con que los personajes abrazan su destino le resulte desgarradora. O que le crispe los nervios. O, peor aún, que el dolor y la crispación lo sometan a una devastadora labor de equipo, que es exactamente lo que me sucedió a mí.

Adentrarme demasiado en los pormenores de nuestra estancia en Canarias podría ser peligroso. No sólo intuyo que me queda ya poco tiempo, sino que temo fatigar la mano de Victoriña. Es cierto que hasta ahora ha sido una amanuense aplicada y que no ha dado el menor signo de cansancio —¡larga vida tenga tu mano derecha, Victoriña!–, pero sospecho que en cualquier momento podría desplomarse de sueño y dejarme en la estacada. No vayan a creer que me siento culpable por tener que ejercer de vulgar explotadora infantil. Supongo que a lo largo de toda mi vida he cometido media docena de delitos más feos aún. Y, además, díganme: ¿cómo diablos iba a ingeniárselas un parásito espectral como yo para empuñar una pluma y escribir su epitafio si no es apoderándose de la voluntad de alguien? Si supieran lo endemoniadamente difícil y extenuante que resulta tomar una voluntad para obligarla a ponerse al servicio de uno, suspenderían ustedes en el acto su producción de juicios desfavorables. Y si encima tuvieran la suficiente imaginación como para hacerse una idea cabal de la enloquecedora lentitud que la caligrafía infantil y laboriosa de Victoriña Cano le imprime a nuestro ritmo de escritura, incluso es posible que sintieran por mí un súbito y muy humano brote de misericordia cristiana. O de atea compasión, no soy exigente. No es que yo necesite compasión, pero es probable que sentirla les beneficiara a ustedes con una dosis suplementaria de honra o que los ayudara a lavar ciertas deshonras. Al fin y al cabo, ya se sabe que la compasión responde más a los intereses de quien se compadece que a los del compadecido.

Nuestro paso por Canarias supuso para mí una viva decepción. No sé qué emocionantes descubrimientos esperaba hacer allí pero, desde luego, la cruel inopia informativa en que mi abuela mantuvo a las niñas, y a mí con ellas, desde el mismísimo 18 de julio, así como la rigurosa prohibición de salir a la calle, se me antojaron desesperantes. Encerradas en la pensión regentada por una especie de paquidermo reumático y llorón llamado doña Concha, oímos algún tiroteo aislado y poco más. Nada que ver con el emocionante y suculento festín de historia en vivo que yo debía de haber imaginado. A mi abuelo no volvimos a verle el pelo y mi abuela casi no aparecía hasta la noche, momento en que representaba ante nosotras una lamentable parodia de normalidad que resultaba tan fantasmagórica, chirriante y ominosa como un decrépito caserón amenazado de ruina. A pesar de que solía tener los ojos como farolas, de tanto como debía de llorar cuando no la veíamos, se empeñaba en esgrimir ante nosotras una sonrisa que era toda una obra maestra de la impostura. De no haber sabido yo lo que sabía, sin duda me habría alineado con Victoriña en su convicción de que todos los adultos habían perdido súbitamente la chaveta. Doña Concha, por ejemplo, se pasaba el día murmurando como una plañidera sin causa y cubriéndonos de besos babosos, sin dejarse desanimar lo más mínimo por el hecho de que nos limpiásemos las babas con las mangas delante de sus narices. Virginia, que pese a su mineral quietud tenía una mala uva formidable y que además atravesaba una fase crucial en la formación de su espíritu soldadesco, llegó al extremo de atizarle una patada en la rabadilla para frenar ese tipo de demostraciones afectivas.

Pero lo que llevaba de cabeza a Victoriña era la demencial cantidad de telegramas que llegaban cada día. Si cuando sonaba el timbre de la puerta mi abuela estaba en la pensión, daba un brinco, palidecía hasta cobrar el aspecto de un cadáver reciente, chillaba «¡Oh, no! ¡Otro telegrama!» con la voz vibrante de terror y, en lugar de parapetarse contra los telegramas, se precipitaba a abrir la puerta, en un gesto en el que Victoriña veía una absurda infracción de la lógica. Con todo, lo que más inquietaba a Victoriña era que su madre, o sea, mi abuela, se encerrase a cal y canto en su habitación a leer los telegramas, con el obvio propósito de escamotearnos su contenido, así como su propia reacción ante aquellos mensajes. Yo sabía, por supuesto, que los telegramas llegaban desde El Ferrol para informar a mi abuela de las bajas que se producían en su familia. También sabía que, en lugar de contar la verdad monda y lironda, los telegramas alimentaban el espejismo de que aquellas bajas se habían producido por repentina enfermedad, como si los genes de mi familia estuvieran programados para autodestruirse precisamente aquella fatídica semana. Deduzco de todo ello que el verbo fusilar, que aquellos días debía de ser el más conjugado de nuestro fabuloso tesoro léxico, estaba misteriosamente ausente de los telegramas con que la población del país se notificaba las bajas en el censo.

Mi abuelo tuvo más suerte que mi bisabuelo y uno de los hermanos de mi abuela. Por algún motivo que todavía no ha logrado encontrar alojamiento en mi hipotálamo, no fue sentenciado a muerte, sino a doce años de prisión. Días después de que lo encerrasen en el castillo de

San Francisco del Risco, mi abuela tomó la determinación de enviarnos a Burgos con su hermana Leticia. Ella nos acompañaría hasta allí, pero regresaría lo antes posible a Las Palmas para estar cerca de su marido. Y aunque trató de darle a este nuevo viaje un aura de normalidad por el ingenuo procedimiento de llamarlo «Vacaciones en Burgos», debo consignar que esta vez tanto Victoriña como Virginia le vieron el plumero a su destino.

10
Burgos y el Ejército Simbiótico de Liberación

Me habría gustado decir que lo primero que vimos al llegar a Burgos fue el negro aleteo de un cuervo posado en lo alto de una de las góticas agujas de la catedral. Y que, al levantar el vuelo, el pajarraco pintó el cielo lechoso con funestos presagios. A continuación, tras una de esas breves pausas que hacemos los actores para calibrar el impacto de una frase o de un monólogo sobre nuestro amado público a quien tanto le debemos, habría añadido que siempre he aborrecido las ciudades con nombres en plural, porque es como si quisieran disfrazar su insignificancia con el pretencioso truco de multiplicarse a sí mismas. Pero nada de eso sería cierto, qué lástima. Ni tengo prejuicios contra las ciudades con nombres en plural ni hubo pájaros de mal agüero que saludaran nuestra llegada con un ominoso batir de alas. Sin embargo, Burgos me dio mala espina en cuanto pusimos los pies en ella, que me aspen si sabía por qué. Tampoco en Victoriña suscitó más entusiasmo que en mí, si bien es cierto que a ella, cualquier opción que no fuera la de quedarse junto a sus padres en Canarias se le antojaba igual de horrible. Tanto le daba, a fe mía, ir a parar a un hospicio en la isla de Guam, a un lupanar en Pernambuco o a la casa de una familia más o menos decente y acomodada en Burgos. El fracaso de su vehemente campaña en favor de la opción canaria la había dejado tan abatida que ni la indiscutible excelencia de los buñuelos de viento con que nos recibió la tía Suca (diminutivo de Letuca, que a su vez era el diminutivo de Leticia) consiguió levantarle el ánimo.

Pero la Conciencia Adulta de mi madre ronroneaba. ¿He dicho que ronroneaba? Disculpen mi ineptitud. Más que un ronroneo, el estrépito producido por la excitación de mi madre evocaba a una pandilla de monos aulladores de parranda por la selva. Aunque seguía sin dirigirme la palabra, había pasado abruptamente de la negra ira a una sospechosa euforia. Al principio, me limité a preguntarme qué habría en aquel particular período de su vida para que se mostrara tan excitada ante la idea de revivirlo. Pero cuando me percaté de que aquella repentina excitación, mezcla de loca alegría y de exaltada impaciencia, no capitulaba ni ante la más ceñuda adversidad, el asunto empezó a darme un mal fario horroroso. Las condiciones objetivas no eran, desde luego, como para echar las campanas a vuelo: estábamos en guerra, mi abuelo estaba preso, el verbo fusilar había diezmado a mi familia, por mucho que nadie se atreviera a pronunciarlo o a escribirlo, como si bastara con eliminar una palabra para actuar sobre la realidad, y a nosotras nos esperaban tres largos años de exilio burgalés, por no hablar de todo lo que sabíamos que vendría después. ¿Por qué diablos se alegraba entonces la Conciencia Adulta de mi madre?

Su impertinente alegría resultaba tanto más inexplicable e inquietante cuanto que Burgos le tenía reservada a Victoriña Cano una de sus más amargas zozobras. Confraternizó enseguida y sin excesivos problemas con sus primos Lalo y Nando, pero su prima Mucha (diminutivo de Carmucha, que a su vez era el diminutivo de Carmen, María del) tenía un rey en el cuerpo de un tamaño más o menos equivalente al de la emperatriz que albergaba Victoriña. Lo más probable es que un minucioso analista no hubiera encontrado diferencias apreciables en cuanto al tamaño y el señorío de ambos monarcas. Y aunque es cierto que Victoriña no solía arredrarse ante nadie, Mucha contaba en este caso con la indiscutible ventaja de estar en su feudo, mientras que la otra era un monarca en el exilio caritativamente acogido por una corte extranjera. Durante un tiempo, las fuerzas de ambas potencias se mantuvieron niveladas. Si un día Mucha salía triunfante de alguna escaramuza, al siguiente era Victoriña quien batía a su adversaria. Hasta que, a mediados de septiembre, poco después del séptimo aniversario de Victoriña, el equilibrio de fuerzas dio un vuelco que sería ya definitivo. Victoriña, su hermana y sus dos primos varones cumplían con el higiénico precepto de lavarse las manos antes de ir a sentarse a la mesa cuando Mucha irrumpió en el cuarto de baño con aires de malévola conspiradora. En un santiamén, y sin admonitorios preludios, se sacó de la manga el diario en el que Victoriña había empezado no hacía mucho a verter en secreto sus pensamientos, lo abrió al azar y leyó un fragmento con clara intención paródica. Hecha una furia, Victoriña se abalanzó sobre su prima para tratar de arrebatarle el diario, pero Mucha, que esperaba el contraataque, la sentó de un manotazo en la taza del retrete que, por uno de esos perversos azares, estaba abierta.

Victoriña ya no volvió a levantarse. Se levantó, por supuesto, desde un punto de vista estrictamente físico. Pero de algún modo se pasó lo que quedaba de guerra sentada en esa taza de retrete, a solas con su humillación y su pena. Y, mientras duró nuestra estancia en Burgos, ya no volvió a dar más que pálidos destellos de sí misma. ¿Acaso no me había preguntado en más de una ocasión dónde diablos estaba el punto de sutura entre la criatura díscola, combativa y libre y la adulta puritana y mansa que yo conocía? Pues bien: ahí lo tenía. Ése era el punto exacto en el que el meteorito había sido abatido. Me dije que derribar meteoritos puede ser casi ridículamente fácil: a veces basta un pañuelo, otras basta un rápido manotazo y una taza de retrete que alguien ha tenido la inexcusable negligencia de dejar abierta.

Revivir lo que quedaba de aquel infausto septiembre fue una experiencia lamentable. Mientras Victoriña se hundía visiblemente en su tristeza, mi madre seguía torpedeándome con su inmisericorde alegría. Era como si, en medio de la suave melancolía de un crepúsculo, un aparato de música se pusiera a vomitar la incurable y estridente vulgaridad de la canción del verano. Y, además, ya saben que nunca me han gustado los templos impíos, en especial si son altos y se empeñan en mantener conmigo una relación de proximidad. Había vivido veinte años frente a la Sagrada Familia, pero lo de Burgos era un azote mil veces mayor, créanme. Que la tía Suca y el tío Fernando vivieran a sólo tres manzanas de la catedral ya era una cosa bastante horrible. Pero que, encima, sus hijos se obstinaran en pasarse la vida jugando con sus amigos en la plaza que se extiende frente al templo, bajo la ominosa sombra de sus agujas, era para mí una fuente de continua y amarga mortificación.

Lejos de remitir o de estancarse, a finales de septiembre la intempestiva excitación de mi madre cobró tintes febriles y entró en una fase incendiaria. Yo la notaba agitarse y rebullir incesantemente como una fiera enjaulada. El atorbellinado amasijo de energía incandescente y feroz en que se había convertido hacía de su vecindad un lugar irrespirable e inhóspito. Llena de desazón y de vértigo, me devanaba los sesos preguntándome una y otra vez qué significaba todo aquello. Hasta que, por fin, el 30 de septiembre salí de mi ignorancia por la puerta grande.

—¿Sabes qué día es mañana? —preguntó de pronto mi madre, irrumpiendo en mi vida interior con tal urgencia y tal carga de electrizante energía que noté un calambrazo.

—¿Mañana? —inquirí a mi vez algo aturdida y sin caer en la cuenta de que su pregunta era puramente retórica.

—Déjame que te lo diga yo. Mañana es el primero de octubre de 1936. ¿No sabes lo que ocurrió el primero de octubre de 1936?

Siempre me ha puesto nerviosa que alguien me pregunte algo —cuya respuesta obviamente conoce— con el único propósito de hacer hincapié en que sabe una cosa que yo ignoro.

—Reflexiona, hija mía —insistió, abusando de su tono más irritantemente benévolo—. Éste es uno de esos momentos en que debería notarse la esmerada educación que tu padre y yo te dimos a costa de enormes e indecibles sacrificios. Anda, dime: ¿qué ocurrió el primero de octubre de 1936?

—¿Sabes qué? —contraataqué—. Que te vayas a la mierda, estoy harta ya de que me chulees.

Ésa había sido mi primera infracción del decálogo pero, contra todo pronóstico, mi madre no sólo hizo caso omiso de ella, sino que ni siquiera dio señales de sentirse ofendida por mi vocabulario.

—Te daré una pista. ¿En qué bella ciudad española nos encontramos ahora mismo?

—Oye, si quieres decirme algo, dímelo. Y, si no tienes nada que decirme, déjame en paz. Pero no me vengas con preguntitas ridículas.

—No son preguntitas ridículas. Mañana Franco me tocará el flequillo.

El surrealismo y mi madre no son, en principio, dos nociones compatibles, aunque a veces lo parezcan.

—Mañana Franco me tocará el flequillo.

Esta vez lo dijo como si yo tuviera la culpa o como si pudiera impedirlo de algún modo.

—¡Claro que podrías impedirlo! Pero no es eso lo que quiero hacer, sino algo mucho más complicado. Tan complicado que, probablemente, está fuera de nuestro alcance, aunque, de todos modos, preferiría intentarlo. Lo del flequillo es un recuerdo muy desagradable, pero lo reviviré estoicamente y sin rechistar, en especial si tengo éxito en lo que me propongo hacer con tu ayuda. Verás: según recuerdo con una nitidez que siempre me ha parecido cuasimonstruosa, mañana a mediodía iremos a jugar a la plaza con Lolo, Nando, Mucha, Virginia, Héctor, Pedro y Miguelito. También recuerdo que, en determinado momento, conseguiré arrebatarle la pelota a Miguelito y chutaré con todas mis fuerzas para enviársela al primo Nando. Pero el tiro me saldrá un poco desviado y, en vez de ir a parar a los pies de Nando, irá a estrellarse contra las piernas de un militar que, en ese momento, cruzará la plaza, escoltado por dos soldados. Pues bien: ese militar es Francisco Franco, que el primero de octubre de 1936 fue nombrado en Burgos jefe del Movimiento y Generalísimo de los Ejércitos de Liberación, según descubrí mucho después, claro. Ese día, cuando Franco me tocó el flequillo y me devolvió la pelota con una sonrisa de acémila, yo ni siquiera sabía quién era. Para mí era un señor más y no entrañaba otro peligro que el que cualquier adulto supone para un niño, es decir, reprimendas, castigos y bofetadas.

Las cosas empezaban a encajar. ¿Acaso no me había contado Mariona Farjas que, al negarse a formar parte de la expedición que cruzó el estrecho de Gibraltar, mi madre había dicho que aquel individuo no volvería a tocarle un pelo? ¿Cómo no había caído yo en la cuenta de que esa enigmática declaración entrañaba un primer tocamiento, así como una radical negativa a que ese primer tocamiento conociera una segunda edición?

—¿Por eso te negaste a cruzar a nado el estrecho? ¿Porque Franco ya te había tocado el flequillo el primero de octubre de 1936?

—Pues claro. Con una vez es suficiente. Si me hubiera visto obligada a estrecharle la mano después de la travesía, me habría muerto allí mismo. Como sin duda comprenderás, uno no puede tomar dos cucharadas de la misma ignominia. No recuerdo exactamente cuándo me di cuenta de que el hombre que me había tocado el flequillo frente a la catedral de Burgos era Franco, pero te aseguro que fue mi primer estremecimiento histórico. De haber podido hacerlo, lo habría matado retrospectivamente. Pero ¿sabes lo más gracioso del asunto?

—Ni idea.

—Pues que eres la primera persona que me toma en serio. Cuando, en torno a los once o doce años, les conté a tu abuela y a tu abuelo que Franco me había tocado el flequillo en Burgos, me miraron como si estuviera desbarrando. Hay que ver cómo son las cosas: uno puede hacerle digerir al mundo un buen puñado de mentiras, pero hay ciertas verdades con las que no traga.

Las palabras de mi madre me dejaron meditabunda y un tanto inquieta. Empezaba a tener la espeluznante sensación de que ya no se expresaba como era habitual en ella, sino como lo habría hecho yo. Sólo faltaba ya que salpicara con tacos sus parrafadas. ¿Acaso era posible que la sangre que me había bebido no hubiera surtido aún todo su efecto y que ambas estuviéramos envueltas en un proceso de fusión todavía en curso que acabaría por desdibujarnos y disolver nuestras identidades como si nunca hubieran sido dos formas distintas y enconadamente antagónicas? Pero ya mi madre volvía a dirigirse a mí. Por una vez, créanme, saludé su ímpetu comunicativo con infinito alivio, pues así me libraba, al menos de forma pasajera, de las siniestras sospechas que habían tomado por asalto mi vida interior.

—Préstame atención, porque ahora viene lo mejor. No sé qué puñetas haría Franco dentro de la catedral, pero la cuestión es que se metió allí inmediatamente después de tocarme el flequillo. Puede que rezara, o que se confesara, qué sé yo. En cualquier caso, satisfizo sus necesidades espirituales en tiempo récord, porque no estuvo allí dentro más de cinco o seis minutos. Yo misma lo vi salir al cabo de muy poco rato con su escolta, ¿me sigues?

—Te sigo. Renqueante de perplejidad y sin saber adónde quieres ir a parar, pero te sigo. Hasta ahora tenemos a un Franco que, el mismo día en que fue nombrado jefe del Movimiento y Generalísimo de los mal llamados Ejércitos de Liberación, te toca el flequillo, se mete en la catedral y sale disparado al cabo de cinco o seis minutos. Puede que él pecara de exceso de velocidad en sus abluciones espirituales, pero tú llevas un buen rato hablando y todavía no veo por dónde van los tiros.

—No te impacientes, que enseguida llegamos al meollo del asunto. Mi teoría es que esa expeditiva visita de Franco a la catedral incomodó a Dios, no sé si por su brevedad o porque ya le tenía ojeriza por otros motivos, vete tú a saber. Que Dios estaba cabreado es algo de lo que no me cabe la menor duda. ¿Cómo explicar, si no, lo que sucedió a continuación?

—¿Qué sucedió?

—Unos diez minutos después de que Franco abandonara la catedral hubo un accidente. Los vecinos lo achacaron al estado de dejadez en que se hallaba el templo, pero yo sé que por más que la catedral y las esculturas que la decoran estuvieran clamando por una urgente remodelación, aquello no fue obra del azar sino de la cólera de Dios.

—¿Te refieres al Dios de los católicos o al de los espondalarios?

—¿Qué importancia puede tener eso ahora?

—Supongo que ninguna, pero me estoy haciendo un lío teológico considerable.

—De tu ironía deduzco que tal vez no tienes el menor interés por oír la continuación de la historia.

—Te equivocas. Tengo interés en escuchar tu historia, aunque, desde luego, no soy tan borrica como para no darme cuenta de que tu interés por contarla supera con creces mi interés por oírla.

No saben hasta qué punto acababa yo de enunciar una verdad como un puño. En realidad, hacía ya bastante rato que un etéreo, vaporoso y sutil instinto de conservación trataba de hacerse oír por encima del cafarnaum de mis instintos para advertirme que escuchar aquella historia podía ser muy perjudicial para mí. Más me habría valido prestar oídos a aquel pobre, cobarde y muy servicial instinto. Pero la curiosidad en general, y la mía en particular, suele salir victoriosa de sus numerosos lances con Dama Prudencia, así es la vida.

—Después de que Franco se largara —prosiguió mi madre sin dejarse desalentar por mi última impertinencia—, seguimos jugando a la pelota unos diez minutos hasta que, de pronto, el tremendo ruido que hizo algo al estamparse violentamente contra el suelo nos heló la sangre en las venas. Apenas habíamos tenido tiempo de reaccionar ni de saber lo que pasaba cuando ya un tropel de gente vociferante se arremolinaba a nuestro alrededor abrazándonos y santiguándose al ver que ninguno de nosotros estaba herido. En medio del tumulto, y mientras la gente examinaba los pedazos de piedra diseminados por el suelo de la plaza, alguien afirmó que lo que había caído era la cabeza de uno de los dos ángeles que flanquean a la Virgen en lo alto de la fachada de la catedral. Supongo que esa voz anónima estaba en lo cierto porque, a partir de ese día, la estatua de uno de los ángeles lució un cuerpo decapitado. ¿Te das cuenta de lo que eso significa?

—Significa que tuvisteis mucha suerte, supongo. La cabeza del ángel podría haberos matado.

—No, no podía habernos matado, precisamente porque la mano de Dios estaba detrás del asunto. Fue su ira ante la presencia de Franco la que hizo que la cabeza del ángel se despeñara. Y aún te diré más: creo que Dios co-

metió un error de cálculo tan lamentable como lógico. Debió de suponer que un criminal de la calaña de Franco se sentiría lo bastante culpable como para dedicarle a la expiación de sus numerosos pecados un cuarto de hora de rezos por lo menos. Eso explica que la cabeza del ángel cayera con diez fatídicos minutos de retraso, ¿no crees? Dios iba a por Franco, pero falló. Sin embargo, tú y yo tenemos ahora la oportunidad de reparar el error de Dios: he ahí lo que llevo un buen rato tratando de hacerte comprender.
—Pues sigo sin entenderlo.
—Mentira podrida. No sólo entiendes perfectamente lo que me propongo, sino que llevabas ya un buen rato temiendo que confirmara tus sospechas. Y sé que mañana, después de que Franco me toque el flequillo, tú me ayudarás a reescribir la historia.
—Y ¿en qué te basas para hacer semejante afirmación?
—Para empezar, está en tus manos hacerlo. Yo no puedo hacerlo, pero tú sí. Ya una vez modificaste mi historia, inyectando en ella un beso que jamás di. Según me dijiste, te limitaste a desearlo, lo que significa que cambiaste el curso de las cosas gracias al poder de tu deseo. Mucho he cavilado sobre ello y sé que mañana volverás a hacerlo, de eso estoy segura. Y, créeme, ni siquiera será necesario que yo te exhorte a ello. Bastará con que Franco me toque el flequillo y derrame sobre nosotras su abyecta sonrisa de acémila para que lo desees con la misma fuerza con que lo desearé yo. Me atrevo incluso a aventurar que lo desearás con tal intensidad que tendrás la sensación de que nunca antes habías deseado de verdad.
—Y ¿cómo se supone que conseguiré cambiar la historia? Aun cuando fuera verdad que he alterado un detalle ínfimo de tu vida, convendrás conmigo en que la empresa que me propones entraña un par o tres de problemillas.
—No sé exactamente cómo lo conseguirás, no soy profeta ni vidente. Pero la fuerza de tu deseo hará que Vic-

toriña se las ingenie para retener a Franco durante diez minutos en el interior de la catedral, no me preguntes con qué tretas. Eres actriz, y si hay algo que no te falta es una imaginación desbocada.

–Lo único que se me ocurre es que estás completamente loca.

Revivir parte de la biografía de mi madre desde el palco de honor de su propio pellejo era sin lugar a dudas lo más emocionante que me había ocurrido en la vida. Pero desde el instante mismo en que comprendí lo que se proponía, empecé a acariciar la esperanza de regresar a mi propio cuerpo para seguir adelante con mi vida como buenamente pudiera. *Bye, bye, darling,* fue bello mientras duró, pero ahí te las compongas. Tal vez era demasiado tarde ya para encarnar a la niña loca de *Acaso los ácaros acabaron acariciando a las acacias,* pero habría otras obras, otros desafíos, otras aventuras, otras sorpresas, otros días llenos de ese extraño y desordenado apetito de vivir que lo asalta a uno a veces por nada en particular y que compensa por los días en que una oscura e invencible desazón se apodera de uno por nada en particular. Mi propia vida, en suma, me aguardaba en alguna parte y eso era algo a lo que no estaba dispuesta a renunciar por nada ni nadie. Por más que aquella disparatada aventura sin parangón posible ejerciera sobre mí una irresistible atracción.

El día siguiente amaneció nublado, con el cielo de un color blanco lechoso como una mortaja. Yo amanecí envuelta en borrascas, inestable y tan sobreexcitada como si mi madre hubiera logrado inocularme su estado de ánimo de los últimos días. Ella, en cambio, había dejado de rebullir y de agitarse y exhalaba una especie de tranquila certeza.

En cuanto pusimos un pie en la plaza, Victoriña miró hacia lo alto para examinar el cielo más allá de las altas agujas de la catedral, como si temiera que se echara a llover de un momento a otro. Mientras su mirada ascendía hacia lo alto de la fachada del templo, acerté a distinguir la figura de la Virgen con el Niño, flanqueada por dos ángeles con las cabezas bien puestas sobre los hombros. Fue entonces cuando recordé el angustioso sueño que tantas veces se había repetido a lo largo de los años y en el que, según las distintas versiones, jugaba a la pelota o a las canicas en una plaza desconocida, dominada por una iglesia de altas agujas góticas que en algún momento tomé por la Sagrada Familia. De golpe, comprendí que la iglesia y la plaza desconocidas, donde tenía lugar el trágico accidente cuya naturaleza exacta nunca recordaba al despertarme del sueño, eran las que teníamos ante nosotras. Me dio entonces tal ataque de pánico que durante un buen rato temí que mi madre tomara mi repentina e infame cobardía como motivo de inspiración para algún sarcasmo demoledor. Lejos de suponer un alivio, el hecho de que dejara escapar la oportunidad de zaherirme me hundió un peldaño más en el pánico. De algún modo, su silencio resultaba más insultante y amenazador que el más inspirado de los sarcasmos, no sólo porque la serenidad ajena puede ser más exasperante que un improperio, sino porque aquel alarde de contención y magnanimidad era decididamente impropio de mi madre y les daba alas a mis crecientes sospechas acerca de una extraña mutación de su personalidad.

Pero ya Victoriña, sus primos y sus amiguitos habían tomado posesión de la plaza y se disputaban el usufructo del balón entre gritos y empujones. Yo estaba muerta de miedo y apenas si prestaba atención a lo que sucedía. No sé cuánto tiempo llevaríamos jugando cuando la realidad empezó a coincidir con el relato que me había hecho mi madre. Victoriña consiguió arrebatarle la pelota a Miguelito, se zafó con admirable brío y astucia del implacable marcaje a que la sometía su prima Mucha y chutó con todas sus fuerzas para enviarle el balón al primo Nando, pero la pelota salió –¡ay!– bastante desviada y fue a parar a los pies de un militar que atravesaba la plaza escoltado por dos soldados. Mientras Victoriña corría hacia él, veloz como una centella, y el tipo se agachaba a recoger la pelota, tuve la impresión de que un brusco aumento de la presión atmosférica ponía mis células al borde del colapso. A través de las guedejas de Victoriña, cuyo flequillo necesitaba urgentemente un corte de pelo, reconocí a aquel tipo. Joven, aunque bastante calvo ya y con una figura que distaba mucho de ser atlética, Francisco Franco recogió la pelota del suelo y se la tendió a Victoriña con una sonrisa que no sé si era de acémila pero que, en cualquier caso, me revolvió las tripas. Y, entonces, el hombre que en medio del apretado programa de su jornada había acudido a la catedral movido por un acuciante afán de encomendarse a Dios, le manoseó el flequillo a Victoriña Cano. Fue una experiencia horrible, créanme. Estábamos tan cerca del general que no pude evitar olerle el aliento. Tan violenta e inconmensurable fue la náusea que me sacudió que, más que mía, parecía la náusea interminable de un cíclope. Me pareció incluso que acababa de comer morcilla con cebolla y que la digestión le estaba ocasionando serios trastornos gástricos. Aunque, habida cuenta de lo tóxico que le había resultado a todo un país en general y a mi familia en particular, la ligera fetidez de aquel aliento no estaba ni mucho menos a la altura de las circunstancias.

Lo que a continuación consignaré arroja sobre mí una tonelada de mierda, no crean que no me doy cuenta. Mientras veía a Francisco Franco adentrarse en la catedral, deseé ardientemente estar a mil kilómetros de allí y desentenderme por completo de la historia de mi madre. Cualquier actividad, por trivial y mortecina que fuera, se me antojaba preferible a la más emocionante de mis peripecias como parásito espectral. Más que un suculento bocado de Historia en vivo, me apetecía entregarme a una larga y aburridísima sesión televisiva mientras la cena se me quemaba en la cocina, para variar. De hecho, no recuerdo haber tenido en toda mi vida un ataque tan feroz de conservadurismo pequeñoburgués. Añoraba tanto mi casa, mi cama, mis sábanas de franela, mi edredón nórdico, mi televisión de no sé cuántas pulgadas y mi batería de cocina, así como el juego de sartenes antiadherentes que constituía la última de mis adquisiciones, que habría escrito una emotiva y arrebatada oda dedicada a las delicias del hogar. Me parece incluso recordar que le prometí a santa Rita que, si me ayudaba a salir del brete, abandonaría el teatro y me casaría con un tipo serio y cabal para quien cocinaría sabrosos guisos mientras criaba un par de niños, probablemente gemelos, como los hijos de Nico. Metida en esos pensamientos deshonrosos andaba cuando algo se quebró dentro de mí y la oscuridad me envolvió por todas partes.

Cuando volví a abrir los ojos, no estaba ni en mi casa ni en Burgos, sino tumbada en la cama de lo que debía de ser la Unidad de Vigilancia Intensiva de un hospital y conectada a un curioso aparato por una compleja cascada de tubos que sin duda habría saludado como una ingeniosa y muy vanguardista instalación de no ser porque la paciente era yo. La hipnótica visión de los tubos y de las parpadeantes señales luminosas que traducían en esotéricas cifras mis constantes vitales absorbió toda mi atención hasta que un magma indistinto de voces humanas me envolvió en su cálido hálito y una mano grande y fuerte cogió la mía. Sin saber aún a quién pertenecía, apreté aquella mano con todas mis fuerzas. No crean que me sorprendió mucho descubrir que el dueño de la mano era Markus Barta. Al fin y al cabo, aquel hombre parecía obstinado en irrumpir en mi vida en los momentos críticos como un ángel custodio celoso de su deber o como uno de esos dioses griegos que se metamorfosean en humanos para acudir en ayuda de sus torpes tutelados, siempre tan proclives a meterse en líos imposibles. Mientras lo veía sonreírme y me esforzaba inútilmente por entender lo que trataba de decirme, pensé si Markus no sería el hombre ideal para cumplir con él la promesa que le acababa de hacer a santa Rita. Puede que no fuera el hombre más cabal del planeta y, desde luego, su seriedad no era el fruto de una disposición natural, sino de un permanente forcejeo con su propensión a la socarronería. Pero era grande y su enormidad territorial me parecía un buen lugar para resguardarme de mí misma, el mayor peligro que he conocido hasta ahora. Me vi envejeciendo a su lado, cada vez más parecida a mi madre en cuerpo y en alma como, si al morir, ella se hubiera llevado consigo mi juventud para animar con sus gamberradas a alguna lúgubre deidad infernal. Me dije que el país de los muertos debía de ser un lugar divertido, con todos esos padres y madres que al morir les habían robado a sus hijos el sentimiento de impunidad, que es la esencia misma de la juventud, para llevárselo consigo al más allá como el más raro y preciado de los ajuares póstumos. Este pensamiento me hizo sentir tan anciana como si en vez de treinta y seis años hubiera llevado a mis espaldas unos cuantos milenios. Durante unos instantes tuve la impresión de ser la depositaria de todo el caudal de dolor que han sentido todos los hijos del mundo al perder a sus padres desde que la conciencia de la muerte hizo del homínido un hombre.

Cuando volví a mirar a Markus, me pareció que había encogido un par o tres de tallas. De hecho, siguió haciéndose más y más pequeño mientras un deseo me acometía con atroz suavidad y parsimonia, como una droga que surtiera su voluptuoso y mortífero efecto con enloquecedora lentitud. Recordé súbitamente que el título del libro que Markus llevaba cuando nos encontramos en el cementerio era *El último hombre* y un extraño impulso me obligó a soltarle la mano como quien suelta la última amarra que lo ata a un puerto. Creo que fue entonces cuando la máquina a la que estaba conectada empezó a emitir un agudo pitido y cerré los ojos, abrumada por un salvaje deseo de estar en otro lugar y temerosa de llegar demasiado tarde a la cita. La suerte, como habría dicho cierto general romano, estaba echada.

Sí, mamá, tú ganas, aunque te hayas equivocado de motivo. Puede que la posibilidad de reescribir la Historia sea demasiado tentadora como para renunciar a ella por un mezquino apego a las sartenes antiadherentes o a los amores carnales con hombres tan sólidos como un zigurat babilónico. Pero, a la hora de la verdad, todo eso resulta demasiado abstracto y abstruso: grandes y bellas palabras para arengar a las tropas y poco más. Ya sé que me inculcaste desde la cuna un noble ideal de sacrificio y renuncia de uno mismo y que te habría encantado que persiguiera las más altas metas, pero yo siempre he sido rara, qué quieres. No sabes cuánto me gustaría decir que si finalmente deseé con toda mi alma regresar contigo a Burgos fue porque latía en mí el épico y magnánimo deseo de reescribir la Historia para redimirte de la miseria y, contigo, a todo un país. Pero no fue así. Podría mentir, por supuesto, y apuntarme la medalla de todos modos. Al fin y al cabo, esa mentira, como casi siempre sucede, suena bastante mejor que la verdad. Mal que me pese, la verdad monda y lironda es que mientras estaba en el hospital, viendo cómo Markus se encogía hasta abultar lo que un enano, pensé en lo difícil que me resultaría hacerme mayor sin haber conseguido nunca tu aprobación. Y en lo difícil que me resultaría hacerme mayor a secas.

Así que ya saben: en mi regreso a Burgos no hubo nada parecido a la épica magnanimidad, sino un miedo atroz e irracional a que mi madre desapareciera sin aplaudirme al menos una vez. Lamento decepcionarlos, pero mis hechuras no son precisamente las de una heroína. Si acuden al librero y le dicen que la protagonista de esta historia los ha estafado a lo largo de no sé cuántas páginas, haciéndoles creer que era mucho más valerosa y noble de lo que realmente es, igual consiguen que les devuelva su dinero, nunca se sabe.

En cuanto regresé al pellejo de Victoriña, que en aquel momento acababa de marcar un gol y lo celebraba revolcándose por el suelo, supe que nos quedaba ya muy poco tiempo, probablemente no más de once o doce minutos, antes de que la cabeza del ángel se desprendiera de su base y se estampara contra el suelo rompiéndose en mil pedazos. Era la primera vez que trataba de secuestrar deliberadamente la voluntad de Victoriña y, aunque puse en ello todo mi empeño y mi energía, durante un lapso que se me hizo eterno no sucedió nada. Victoriña, cuyo equipo iba ganando, no parecía estar en absoluto por la labor. Me preguntaba ya si mi madre no se habría engañado con respecto al presunto beso apócrifo cuando, de repente, sentí una horrible jaqueca. Victoriña perdió entonces todo interés en el juego y se encaminó hacia la puerta de la catedral con exasperante lentitud. Al llegar al umbral, una sombra de vacilación la hizo detenerse un instante y mirar hacia atrás, como si se despidiera de un mundo sin saberlo siquiera. Que dilapidara varios preciosos segundos es algo que no me siento autorizada a reprocharle; al fin y al cabo, estaba a punto de modificar los archivos planetarios, llámenlo Historia.

Cuando por fin entramos en el templo, de Francisco Franco no se veía ni rastro. Inasequibles al desaliento, buscamos infructuosamente por todas partes hasta que, en una súbita inspiración, se me ocurrió mirar en la sacristía. Y allí, devotamente arrodillado frente a la espléndida talla del Cristo en la columna, rezaba el general. Victoriña aguardó unos instantes en el umbral, sin que su furtiva y sigilosa presencia fuera advertida por los dos escoltas.

Segundos antes de atacar el que sería mi papel más glorioso, no tenía aún la menor idea de cómo diablos iba a ingeniármelas para retener a Franco allí dentro. No sólo no tenía un plan preconcebido, sino que ni siquiera sabía de cuánto tiempo disponía. Pero me sentía imbuida de una indomeñable determinación y de la tranquila certeza de que toda mi vida no había sido más que un largo aprendizaje para llegar a ese momento.

Aun cuando nunca venía la noche del estreno, mi madre no se había perdido ninguna de las obras en las que yo había trabajado. Acudía sin avisarme antes, aunque yo siempre advertía su presencia por una especie de tensión añadida que flotaba sobre el patio de butacas y me hacía ser mejor actriz de lo que soy, por más que supiera que ella no me aplaudiría ni vendría a felicitarme al camerino una vez acabada la función. Esta vez, sin embargo, no tendría más remedio que romper en un clamoroso aplauso si todo salía bien. Le brindé la escena, como brinda el torero el toro que se dispone a lidiar.

Los dos escoltas ni se inmutaron al ver que una criatura se acercaba a su general. ¿Cómo iban a saber que, bajo el disfraz de tierno e inocuo corderillo, aquella niña llevaba dentro de sí un implacable depredador que acechaba con astucia y sigilo a su presa? Victoriña le cogió la mano al general y, con una sonrisa zalamera seguida de una graciosa reverencia, lo felicitó sin preámbulos por su reciente nombramiento como jefe del Movimiento y Generalísimo de los Ejércitos de Liberación. Estuve inspirada, la verdad. Lástima que los críticos no me vieron, porque no creo haber logrado jamás tal exquisita naturalidad en la impostura. Sin embargo, la expresión de infinito estupor que se apoderó de las facciones de Franco fue la más elogiosa de las críticas.

—Y ¿cómo sabes tú lo de mi nombramiento si eso ha ocurrido hace poco más de una hora? —logró preguntarnos el general a pesar de su pasmo.

—Porque soy muy lista y estoy muy bien informada —fue la humilde respuesta que puse en boca de Victoriña Cano, excepcional pitonisa.

Fue entonces cuando lo aposté todo a un solo número. Mi madre me había sugerido que retuviera a Franco en el interior del templo, pero un impulso súbito me indujo a tirar de la mano del general para guiarlo hasta el exterior. ¿Había calculado que me resultaría más fácil adivinar el lugar exacto donde iba a caer la cabeza del ángel que el momento preciso en que lo haría? Puede ser, no estoy segura. Tengo la vaga impresión de que mi mente se había convertido en un mero aparato receptor de ondas ajenas a mi control, pero es probable que esa sensación fuera tan falsa como lo es la impresión que tienen algunos escritores de haber escrito al dictado sus mejores fragmentos. En cualquier caso, mientras arrastraba a Francisco Franco hacia la puerta, y nuestros pasos y los de los escoltas retumbaban en la inmensa quietud del templo, tuve la impresión de que las piedras de la iglesia nos acompañaban a mi madre y a mí en nuestro mudo pero imperioso anhelo de sangre. Debíamos de formar una extraña comitiva conforme atravesábamos la iglesia por una de las naves laterales, alcanzábamos la puerta y salíamos al exterior, bañado en ese momento por una luz que ya no era blanquecina, sino de ese color amarillento y cargado de electricidad que presagia tormenta y eriza los pelos. El aire venía impregnado en un excitante olor a humedad, como si la tierra saludara de antemano lo que muy pronto había de derramarse sobre ella.

Hasta entonces todo había sido relativamente sencillo. Me había limitado a improvisar y las cosas habían salido bien. Pero al salir de la catedral mi ánimo empezó a flaquear. No me preocupaba tanto cómo retener a Franco, sino dónde. ¿Cómo demonios saber el punto exacto en el que caería la cabeza del ángel? Supongo que debí de transmitirle mi desesperación a Victoriña, porque ella acentuó la presión de su mano sobre la mano del general y éste se detuvo un instante para mirar a la niña. No sé qué tipo de iluminación interior o de señal esperaba yo, pero lo que a continuación ocurrió me dejó tan atónita como maravillada. Admito que incluso tardé en comprender que los gruesos goterones de sangre que empezaron a cubrir el suelo a nuestros pies brotaban de la nariz de Victoriña. El general se puso a hurgar en sus bolsillos y no tardó en tendernos un pañuelo doblado y limpio, con sus iniciales primorosamente bordadas.

—Ten, límpiate. Y no te asustes, que no es nada. A mi hija también le sangra a menudo la nariz.

Mientras Victoriña atajaba la hemorragia, manchando las iniciales del general, yo miraba con aturdida fascinación el dibujo abstracto que la sangre fresca había trazado en la piedra como una diáfana señal del destino. Y, no bien lo hube deseado con todas mis fuerzas, Victoriña dejó de limpiarse y volvió a coger la mano del general, obligándolo de un firme tirón a colocarse justo encima de las gotas de sangre.

—También sé, señor Francisco Franco, que a pesar de sus piadosas oraciones la guerra será mucho más larga y sangrienta de lo que usted calcula. La ganará, eso sí, y gobernará cuarenta años el país. Hasta su muerte, que tendrá lugar el 20 de noviembre de 1975 a las tres y media de la madrugada, aunque la radio no dará la noticia hasta dos horas después.

Ignoro si, como gallego, Franco creía en las meigas. Aunque, a juzgar por su expresión, dudo que fuera el campeón de los escépticos. En cualquier caso, el Ejército Simbiótico que integrábamos Victoriña, mi madre y yo había conseguido aguijonear la curiosidad del general. Tanto es así que no pudo resistir la tentación de interrogarnos hasta obtener un sucinto relato de sus cuarenta años de gobierno y de la transición política que transformó el país después de su muerte. Créanme: escrutar el semblante de ese hombre mientras una niña de siete años adivinaba su futuro con oracular serenidad fue una experiencia grandiosa. El tipo de experiencia grandiosa que justifica la estancia en este mundo, por más penalidades e insatisfacciones que uno haya atesorado en el trayecto.

No saben lo poco que lamento que Francisco Franco no llegara a oír el relato completo de la transición que llevó el país a un régimen democrático. De pronto, hubo un golpe sordo de crujir de huesos y el hombre cuya mano teníamos fuertemente asida se desplomó en silencio arrastrándonos en su caída. Todo fue tan rápido que no consigo recordar si Victoriña, aturdida por el violento golpe que se había dado al caer contra la cabeza del ángel, se levantó por su propio pie o si alguien tuvo que venir en su ayuda. La hemorragia de la nariz se había cortado, pero estaba cubierta de sangre de la cabeza a los pies, como una virgen bárbara a la que acabaran de ungir con la sangre todavía caliente de alguna bestia inmolada para propiciar el favor de los dioses.

Hincado de hinojos y con el semblante muy pálido, un soldado le tomaba el pulso al general Franco, que yacía en el suelo. Su cabeza era un amasijo de rojos jirones que se bañaban en un charquito de sangre. Mientras mirábamos hipnotizadas el charquito, que crecía y se extendía milímetro a milímetro cambiando de forma como una ameba, me dije que por fin había vuelto el teatro a beber de la fuente de sus orígenes rituales y mágicos, cuando lo que perseguía no era transmitir una visión del mundo sino actuar sobre él. ¿No era precisamente actuar sobre el mundo lo que yo había deseado ardientemente desde que, una mañana, el azul del cielo me empujó hasta el cementerio y leí el epitafio de mi abuelo? «¿Qué es mejor», recité de memoria y para mis adentros, «sufrir los dardos de la fortuna injusta o tomar las armas contra las calamidades y haciéndoles frente acabar con ellas?»

Francisco Franco, anunció un cariacontecido y pálido soldado a la multitud que se agolpaba en torno nuestro, había muerto. Con delicadeza llena de reverencia, el soldado recogió del suelo el pañuelo bordado con las iniciales de Franco que se le había caído a Victoriña minutos antes y cubrió con él la cara del general. En aquella minúscula mortaja, la sangre de Victoriña —sangre de mi sangre— quedó indisociablemente unida a la sangre que todavía brotaba de la cabeza rota y exánime de Francisco Franco. Por primera vez desde que tengo uso de razón, mi madre me dedicó un largo, caluroso y sincero aplauso que apagó el histérico griterío de la multitud. A pesar de que un cansancio sideral se abatió de repente sobre mí, me dejé llevar en volandas —al fin tengo alas y vuelo— por una loca borrachera de inmensa felicidad.

11
La inmolada

Con Sanjurjo, Mola y Franco muertos, el Movimiento quedó tan descabezado como el ángel exterminador de la catedral de Burgos. Las tropas fieles a la República no tardaron ni un mes y medio en sofocar la rebelión militar y en noviembre de 1936 la guerra había terminado. Huelga decir que nadie tuvo noticia del brillante papel desempeñado por el Ejército Simbiótico de Liberación y que la Historia engulló de golpe, sin la menor conciencia de ello, el mundo que yo había conocido. Los cuarenta años de dictadura, la represión, el miedo, la tristeza densa y asfixiante como una inmersión en un barril de pez, todo eso ya no sería.

El emotivo reencuentro de mi abuelo, mi abuela, Virginia y Victoriña se saldó con tres semanas de ininterrumpidos festejos, abrazos, besos, exclamaciones de júbilo, risas y frenesí, atropellados parloteos y un montón de pañuelos empapados, no ya en sangre, sino en lágrimas de incrédula felicidad.

¿Y qué gano yo? era la pregunta que me taladraba los sesos mientras, desde el pellejo de Victoriña, asistía a la desatada felicidad de los míos con un creciente sentimiento de desgarradora soledad. De acuerdo: había interpretado el papel más heroico y glorioso de mi vida, por más que mis motivos distaran mucho de ser nobles y elevados. Ni mi Ifigenia, unánimemente celebrada por el cónclave de la Crítica, ni mi Antígona admitían comparación posible con la última y más singular de mis hazañas interpretativas como aguerrida ideóloga del Ejército Simbiótico de Liberación. No me cabía la menor duda de que aquello había sido la soberbia culminación de mi carrera de actriz, en parte porque, desde luego, ya nadie vendría a ofrecerme papel alguno, ni bueno ni malo, ni glorioso ni mezquino, ni principal ni secundario.

¿Qué gano yo? Por lo pronto, mi madre no ha vuelto a dirigirme la palabra. Después de brindarme el obligado tributo de su aplauso, se atrincheró en un silencio definitivo. Sé que está ahí, pero también sé que jamás volverá a reconfortarme con su conversación de tercera regional.

¿Y qué gano yo? Si la pregunta la hubiera formulado un joven y ambicioso periodista radiofónico, me habría acercado al micrófono y, tras una pausa destinada a hostigar el deseo de saber de la audiencia —nadie como un actor para controlar y dar forma al silencio— habría respondido lo siguiente:

—Mire usted, joven: como líder del Ejército Simbiótico, he contribuido en primer lugar a borrar la lacra espondalaria que pesaba sobre mi familia, redimiéndolos así de la abyecta mansedumbre que, desde antiguo, pesaba sobre mi ánimo como un kudurru. Ahora que no han perdido la guerra, ahora que sus vidas se ven libres de todo lo que las hizo descarrilar, ahora que pueden elegir con absoluta libertad sus destinos, no tienen ya necesidad de recurrir a muletas para mantenerse en pie y, desde luego, ni en sueños cometerían el monstruoso desatino de hacerse espondalarios. Además de contribuir a reescribir la historia de los míos, he colaborado en la tarea de rescatar a todo un país de uno de sus más negros descalabros. No es que quiera darme un baño de autobombo, pero convendrá usted conmigo en que todo eso merecería algún tipo de premio. Y no me refiero a una estatua en medio de una plaza ni a quince cicateros minutos de notoriedad planetaria, sino a un par o tres de décadas de continuos honores regios. No soy modesta, joven, jamás lo he sido. Soy una abierta partidaria de que las grandes proezas reciban la recompensa que merecen. No me negará usted que eso estimula a la gente a hacer las cosas bien.

Y, sin embargo, ¿qué gano yo? Una gran satisfacción interior, desde luego. He hecho y he vivido algo grandioso e irrepetible, un acontecimiento insólito y digno de figurar en los anales de la Historia entre las mayores hazañas de la Humanidad. Algo realmente importante, ¿me oye, joven? He librado a todo un país de una lacra, una pústula, un chancro, una gangrena andante, una infección mortal. Es cierto que fue mi madre quien me dio la idea, pero las ideas no son más que viento, joven. Lo único que cuenta es ser capaz de llevarlas a puerto.

Y, sin embargo, sin embargo... No me jodan: desde el principio les advertí que ésta no iba a ser una historia alegre. Para mí no lo es. Es mi madre quien anota en su cuenta corriente toda la ganancia. Ella era el socio capitalista y yo el oscuro y servil empleaducho, el simple soldado raso cuya única función consistía en sacrificarle toda su energía para que ella alcanzara su objetivo. Que su objetivo me parezca no sólo legítimo, sino también un importante triunfo de la justicia poética no es óbice para que esté cabreada. ¿Cómo no iba a estarlo? Después de haberme pasado toda la vida tratando de parecerme lo menos posible a los míos, en el último minuto actué movida por una mansedumbre tan inesperada como abominable. Necesité que mi mamita me aplaudiera, que me diera su bendición entre aplausos y palmaditas en el hombro. Menuda mierda. Supongo que ésa es una de las mayores contradicciones con las que tenemos que lidiar los hijos díscolos. En el fondo, perseguimos un imposible: queremos hacer de nuestra vida lo que nos viene en gana, pero nunca renunciamos del todo a conseguir la aprobación de los nuestros.

¿Qué gano yo? Nada. Quienes ganan son ellos, los míos, una empresa cada vez más próspera y floreciente. Ganan mi abuelo y mi abuela y gana Victoriña Cano, que ahora tiene una nueva vida por delante. Y Virginia Cano, que a lo mejor un día será general del ejército y dirigirá las misiones humanitarias de la OTAN, quién sabe.

De acuerdo, joven, estoy resentida. ¿Y usted no lo estaría? ¿Sabe cuál es mi recompensa por haber corregido un mal paso de la Historia? Hablemos claro: ahora que los republicanos han ganado la guerra, mi familia jamás irá a Barcelona. Mi madre jamás conocerá a mi padre, estoy segura de ello. El azar la llevará por otros derroteros y yo no naceré. Seré desnacida, arrojada al limbo de lo que jamás existió, descabalgada de los anales de la Historia, irremisiblemente despeñada hacia las negras fauces de la nada. Y ni siquiera dispongo ya de un cuerpo al que regresar, porque ese cuerpo pertenece a un mundo que jamás existió. ¿Tiene usted una ligera idea de cuánta gente ha compartido y seguirá compartiendo mi suerte? ¿Sabe usted cuántas Ifigenias quedarán sepultadas, inmoladas, barridas bajo la alfombra de un error histórico que al fin pudo ser corregido? Pruebe a calcularlo un día de éstos: podría ser un método infalible contra el insomnio.

¿Qué dice usted? ¿Que siempre me quedará el consuelo de ser un hermoso recuerdo en la mente de mi madre? ¡Cómo se puede ser tan lerdo! ¿No se da usted cuenta de que lo único que quiere ahora mi madre es precisamente olvidarme? ¿Por qué cree que ha suspendido toda relación conmigo? Muy sencillo: para disfrutar a fondo de ese futuro nuevo que se extiende ante ella, tiene que expulsar antes de su memoria todo vestigio de mí. ¿Cómo iba a ser feliz una madre a quien la asediara el recuerdo de su hija inmolada? Aunque, de todos modos, supongo que la mujer en la que Victoriña Cano acabará convirtiéndose poco o nada tendrá que ver con la que fue mi madre.

¿Que cómo me siento? La Historia pasa a galope tendido por encima de mí, aplastándome los sesos con sus ufanos cascos y usted aún se atreve a preguntarme qué tal lo llevo. ¿Se imagina cómo se sentiría si supiera que está en proceso de disolución y que se encamina a grandes zancadas hacia la nada absoluta?

Para colmo de males, creo que el titánico esfuerzo que he hecho para secuestrar la voluntad de Victoriña y conseguir que escribiera este epitafio contribuye a acelerar mi destrucción, porque a cada hora que pasa me siento más exhausta y me resulta más endemoniadamente difícil recordar el pasado. ¡Qué absurda empresa, además! Quien se aventure por estas páginas, si es que no acaban en la basura, se verá a menudo tentado de pensar que soy una pobre chiflada. Al fin y al cabo ese hipotético lector será alguien que no habrá conocido cuarenta años de dictadura y no sabrá de qué puñetas estoy hablando.

Muy a mi pesar, joven, me veo en la obligación de suspender esta entrevista. Compréndalo: no estoy de humor.

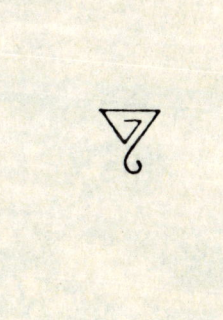

Últimos títulos

385. Y retiemble en sus centros la tierra
     Gonzalo Celorio

386. El árbol de los sentidos
     Oonya Kempadoo

387. Aquel domingo
     Jorge Semprún

388. Un hombre con encanto
     Alice McDermott

389. El tren
     Georges Simenon

390. El negrero
     Lino Novás Calvo

391. Tratándose de ustedes
     Felipe Benítez Reyes

392. El pez dorado
     J.M.G. Le Clézio

393. Hacia el final del tiempo
     John Updike

394. Amor duro
     Gudbergur Bergsson

395. Celestino antes del alba
     Reinaldo Arenas

396. Llovió todo el domingo
     Philippe Delerm

397. Pasado perfecto
     Leonardo Padura

398. Tantos años
     Erik Orsenna

399. Los hermanos Rico
     Georges Simenon

400. El laberinto de las sirenas
     Pío Baroja

401. El beso del cosaco
     Eduardo Mendicutti

402. Ripley Bogle
     Robert McLiam Wilson

403. Mis líos con el cine
     John Irving

404. El museo de cera
     Jorge Edwards

405. La ignorancia
     Milan Kundera

406. Mason y Dixon
     Thomas Pynchon

407. El Sueño de la Historia
     Jorge Edwards

408. La quinta mujer
    Henning Mankell

409. La evolución de Jane
    Cathleen Schine

410. El viajero del día de Todos los Santos
    Georges Simenon

411. El jaquemart
    Juan Miñana

412. Memorias de un amante sarnoso
    Groucho Marx

413. El ilusionista
    Martyn Bedford

414. Salón de belleza
    Mario Bellatin

415. Los cien hermanos
    Donald Antrim

416. Las fabulosas aventuras de Lidie Newton
    Jane Smiley

417. Sangre
    Mercedes Abad

418. La mujer de Wakefield
    Eduardo Berti

419. Donde los ríos cambian su curso
    Mark Spragg

420. El efecto de la luna
    Georges Simenon